李《イ》康《ガン》白《ペク》戯曲集

ユートピアを飲んで眠る

秋山順子訳

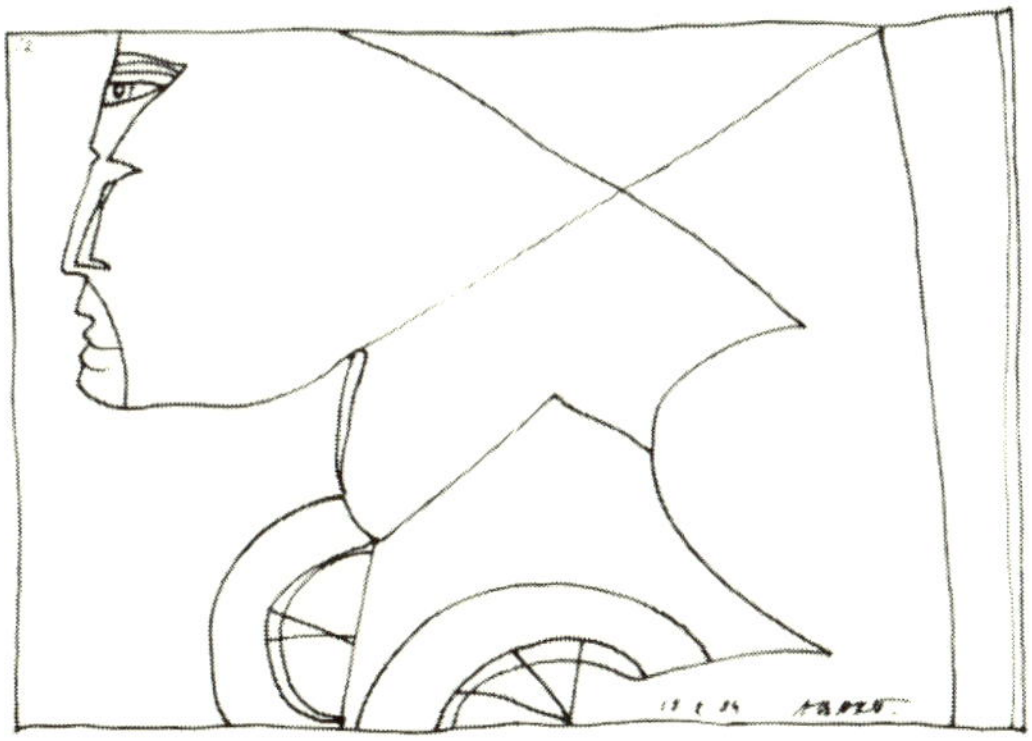

影書房

目次

◆カバー／扉　カット
アンジェイ・ヴァルチャック

七山里

登場人物

お婆ちゃん
母ちゃん
カンナニ
子供たち
　長男
　長女
　次男
　次女
　三男
　三女
　四男
おかみさんたち
　タボンネ
　ウムチプネ
　ティッコルネ
町長
村長
老刑事
若い刑事
曹長
兵士たち

作家ノート

この戯曲は過去と現在をひとつの舞台空間で交差するように構成した。過去の場面はオモニ（母ちゃん）を中心に展開して、現在の場面は子供たちを中心に進行する。過去と現在のつながりは子供たちが担う。それはコーラスの役割にもなる。

すべての登場人物は舞台に各自の席が決められている。彼らは各自受け持った役割を表現するため舞台の中央に進み、役割が終わると自分の席へ戻って座る。つまり、登場人物たちは自分の出番でない場面でも舞台にいなければならず、またその場面の雰囲気に情緒的反応を表すことで劇の全過程に立ち合う。

小道具および小物は登場人物が各自の定まった席から持って出て、使用してからまた持って戻る。子供たちは過去の場面ではあどけない少年と少女の顔をした面を使用する。（過去の場面と過去を回想する現在の場面を混同しないように願う。）また子供たちは過去の場面でカンナニの案内で山奥から現われる時、幼い子供を表す小物として布切れの人形をおぶっている。町長の場合、執務用机と電話器を使用するが、移動しやすいようにキャスターがついている。すべての小道具と小物は簡単にし、場面の素早い転換に障害にならないようにする。

この戯曲に挿入される詩語体の台詞は作曲してコーラスとして歌う。悲しみのこもった歌いやすいものがよい。

初めから舞台の幕はあがっている。公演時間になると俳優たちが登場して各自の席に座る。町長、執務用机を押しながら舞台に出て来る。彼は机の引き出しからオモニの戸籍を取出し、記載事項を確認する。子供たち一人、二人と立ち上がって歌いながら舞台の中央に出て来る。

子供たち　お――おお――おお――
お――おお――
オモニ、オモニ、ウリオモニ
十二人の子供をもうけたウリオモニ
腹ペコの子供には粥を与え
裸の子供は着せねばならず
身を粉にしてひたすら働き息絶えた。
お――おお――おお――
お――おお――
オモニ、オモニ、ウリオモニ
哀れなオモニをどこに埋めようか？
七山里の谷間に埋めてから
悲しみに泣いて子供らは散って行ったよ。

町長　戸籍にはないんだけどね。子供を十二人も残したなんていうことは……？

長男　（町長の前に進み）戸籍にはないでしょう。けれど町長さん、私たちがその人の子であるということを、七山里の人はみんな知っていますよ。
町長　いずれにしろ七山里の墓を移動してもらわなければなりません。
長男　何十年もそこにあった墓を……どこへ移せというんですか？
子供たち　（墓を移せという町長のことばに反感をあらわにして互いに顔をみあわせ、うなづきあう。）
町長　もうご存じでしょうが、七山里に自動車道路ができるんです。山腹を削って谷間を埋めなくては道は出来ないんですが、その墓のために工事が遅れています。世の中も大きくかわったでしょ。七山里といえば名前のとおり山が七つ、険しい峰が七つも周りをふさいでいて……かつての動乱の時にはアカの巣窟として冷遇され、蔑視もされていたところだったのですが……
長男　そんな所に急に自動車道路を通すんですか？
町長　七山里の住民たちが郡庁に押しかけてデモをしましてね、動乱の後、今まで一体何をしてくれたんだ、よそでは橋もかけてくれ、道路も通してくれ、建物も建ててくれたというのに、七山里では何もしてくれなかった。そんな冷遇ばかりされたというのでは、住民全部が出ていくぞと喚きたてたんですよ。それでびっくり仰天した郡長さんが自動車道路をつくることにしたんですよ。バスも通りトラックも通れば住民たちの暮らしもよくなりますからね。
長男　もちろんそうでしょう。だけど私たちのオモニの墓はそのままにしておけば、いいと思うのです。
町長　だめです。今日中に移して下さい。その墓のために道路が出来ないと七山里の住民たちが大騒ぎです。郡庁では町長の私に早く解決しろと催促してくるのだけれど、縁故者がどこにいるのか知りようがなくて……。そこで考えたあげくに地方新聞に墳墓移葬の公告を出したんですよ。十五日間の期間を定め、誰も現われなかったら任意に処理してしまうという公告でしたが……。驚きました。最後の日の今日になって一人、二人と集まって来るなんて……。（子供の数をかぞえる。）今みんなで何人？　一、二、三、四、五、六、七……

子供たち　（首を横に振って）まだ数えないで下さい、町長さん。

町長　なぜですかね？

子供たち　まだみんな集まっておりません。

町長　では、まだ来る人がいるというんですか？

子供たち　はい、私たちはみんなで十二人なんです。

町長　けれど散り散りになった者たちがみな集まってくるなんてどうしていえるんですね？

長男　私たちは町長さんの公告内容をみんな知ってますからね。（子供たちに）町長さんにその証拠をお見せしなさい。

（各自が受けとった手紙を出してみせる。）

町長　それは何ですか？

長女　私たちは四方に散らばっておりますが、何か重大なことはこのようにして互いに連絡しあいます。まず先に知った者が次の者に知らせ、それがまた次の者にそれを知らせて……一人が二人に、二人が四人に、四人が八人に……このようにして最後には私たちみんながわかることになるのです。

町長　これはなんと、全く驚きました！（時計を眺める。）だけど、待っている時間がない……もう二時を過ぎています。

長男　この事務所は何時に閉まりますか？

町長　五時半には閉めます。

長男　ならば町長さん、まだ三時間半は待てるんではありませんか？　私たちにとって重大な問題です。オモニの墓を移動するということは、子供たちが全員集まって相談してから決めますよ。
子供たち　（長男の言葉に同意して、強い態度で）私たちはみんなが集まるまで待っております。
町長　（困惑した表情で）そうですね……もう少し待つことはかまいませんが……みんな集まって相談してから決定するというのはどういう意味ですか？　まるで、その決定によって墓を移したり、移さなかったり出来るというように聞こえますが、そういう意味ですか？
長男　もちろんですとも。町長さん。
町長　はっきりいいますが、墓を移すということについては変更はできません。ただどこに移すかという問題が残っている。
長女　（町長の前に立ち、冷笑的に）極めて簡単なんです。それだけならみんなを待つこともなく今決めましょう（子供たちに）私たち、オモニをどこに移してあげましょうか？　七山里の麓の谷間に移してあげましょうよ！
町長　あ、七山里はだめです！
長男　なぜ、だめなんですか？
町長　その理由は何回もいったじゃありませんか？（もう一度強調するように）七山里に自動車道路を通すんです！
長女　ただそれだけの理由ですか？　率直におっしゃって下さい。町長さん。七山里の人たちが私たちを嫌っているからでしょう？　アカの子供たちである私たちがお盆や正月のような祝いの祭りごとのたびに墓参りにやって来ることが、彼らは嫌なんでしょう。

子供たち　きっとそうなんです。私たちは七山里を故郷と思って訪れるのですが、住民たちはそんな私たちを追い払おうとして墓を移せというんですよ！

（町長の机の上の電話が鳴る。）

町長　ウォルピョンの町役場、私が町長です。郡長さん、七山里墳墓移葬の件ですね。縁故者が七人ほど来られていますが、まだ来る人たちがいるのでもうしばらく待ってくれというのですがね？はい……はい……まさかそんなことはないでしょう。はい……わかりました。そのようにしましょう。（受話器をおいて子供たちに）五時半まで待ちましょう。けれど郡長さんは七山里のその墓は今日中には必ず移すようにといっているのですがね。

子供たち　オモニ、オモニ、ウリオモニ

アカの子供をもうけたわれらのオモニ
死んでからも安らかに眠れない
どこへ移せばよいのやら。
思案してもどうなるの？
この地のどこも動乱離散ばかり
思案したとてどうなるの？
この地のどこにも平安はない。
町事務所の窓の外の秋空には
心乱す暗雲が群がり
穫りいれのすんだ野原には

鳥の群れだけが鳴きさえずっている。
ふと頭をあげて
野原の彼方を眺めれば
ああ、高く聳えたった
七山里の七つの峰が
ゆらりゆらりと踊っている！

長男　（昔を回想するように、子供たちに尋ねる。）七山里で一番恐ろしかった人は誰だった？　みんな覚えているか？

子供たち　覚えているとも！　虎より恐ろしいお婆さんがいたんだ！

長男　そうだ、私は今でもはっきり目に浮かぶ。そのお婆さんは私たちのオモニを一度とてやさしく呼んだことがなかった。いつもひどい怒鳴り声で呼び付けていたっけ。（口に手をよせて怒鳴り声で叫ぶ。）母ちゃんや、どこなんだい！

（舞台照明が変わる。古くなり黄色く色褪せた写真のような過去の雰囲気が感じられるようになる。お婆さんが舞台の中央に出て来る。怒った恐い顔で怒鳴る。）

お婆ちゃん　母ちゃん、母ちゃん、どこなんだ！

長男　お婆さんの声が響きわたると、七つの山がおびえて急いでオモニを探そうと後から叫んだね。

子供たち　（やまびこの真似をして）母ちゃん――母ちゃん――どこなんだ！

お婆ちゃん　母ちゃん、どこなんだい！

子供たち　母ちゃん、母ちゃん、どこなんだ！　どこなんだ！

（カンナニ、手で耳をふさぐ仕草で出て来る。）

カンナニ　耳がじんじんするよ。なんだって母ちゃんをひっきりなしに呼ぶの？

お婆ちゃん　お前の母ちゃんはどこへいったんだ？　庭に広げておいた粟一升、鳥どもに喰われて一握りものこっていない。

カンナニ　（握っている棒を振り回しながら）ほっ、この鳥どもめ、あっちへ行かないか！　母ちゃんに鳥を追っ払えといわれたけれど……

お婆ちゃん　お前は今頃まで何してたんだよ？

カンナニ　裏の川でオシッコしてたんだ。

お婆ちゃん　母ちゃんや！　母ちゃんや！

子供たち　母ちゃんや――！　母ちゃんや――！

カンナニ　母ちゃんは山へ行ったよ。

お婆ちゃん　気でも狂ったのか！　山へ何しに行ったんだ？

カンナニ　どんぐりを拾いに行ったのよ。冬に飢え死にしないようにどんぐりを拾いに近所のおばさんたちといっしょに。ほっ、ほっ、一日中鳥追いなんて退屈だ！　追っ払っても追っ払ってもお腹がすいているのか切りがないんだもの。（棒を祖母に押しつけて）お婆ちゃんが追っ払ってよ、あたいは山に遊びに行くから。

お婆ちゃん　山へ行ったら死んじゃうよ！

カンナニ　なんで死んじゃうの？

お婆ちゃん　（舌打ちしながら）世の中みんな狂っているよ！　テソクの家の従兄も山に行って死んだ

し、オンニョンとこの長男も山で死んだ！
カンナニ　あたいの父ちゃんは生きているのかな、それとも死んでいるのかな……
お婆ちゃん　お前の父ちゃんもまともじゃないさ！
カンナニ　父ちゃんはどこにいるのかな？　アカになるならば山に行くし、軍人になろうとすれば平地へ下りて行くというけれど……
お婆ちゃん　こんな騒動の時には家の中に籠もっているのが一番だ。ちぇっ！　後継ぎ息子一人いない奴がどこかで死んで見ろ、ご先祖様にどの面《つら》さげて会えるのか！
カンナニ　ほおい、ほお、うちの母ちゃんは子供の産めないからだだとさ。
お婆ちゃん　そんなこと誰がいっていた？
カンナニ　ほおい、ほお、村の人たちみんな知ってることよ。
お婆ちゃん　軽はずみなことを。お黙り！
カンナニ　お父さんは夜中に、酒を飲んで蓬峠《よもぎ》を越えて帰ってくる途中であたいを拾ったのよ。お父さんがあたいを連れて帰ったらお婆ちゃんは大騒ぎしたんだって？　男の子でもない者をなんで拾って来たのか、あんなあまっ子を育てたってどうしようもない……（悲しい表情で）母ちゃんはあたいを本当の子供のように可愛がってくれたけど、お婆ちゃんはあたいを悲しくさせるだけ。
お婆ちゃん　子供のくせに口がへらないね！（カンナニから棒を奪い取り振り上げて睨みつけながら）おしゃべりをすぐ止めないか！
カンナニ　（縮み上がって）お婆ちゃん、その棒を頂戴……よけいな事いわないで鳥追いをするから。
お婆ちゃん　二度とそんなことをいってみな、ひどい目にあわしてやるから！（棒を投げてやる。）しっかり鳥を追っ払っていな！　動乱だといって鳥たちまで群れをなしてやって来る。

カンナニ　（口を噤《つぐ》んで棒をふりまわしていたが、鬱陶しい気分に我慢がならない風にやけくそな大声をだして）ほおい、ほお――戦争だ！　ほおい、ほお――あっち へ行け！

（突然あたりを揺るがすような銃声が鳴り響く。お婆ちゃんとカンナニは急ぎ足で自分の席へ戻る。子供たちは不安な表情で沈黙している。照明が変わって町事務所となる。銃声が続いている。）

長男　（緊張した様子で）町長さん。銃声が響いてますね。

町長　秋のとりいれとあって鳥どもが騒がしいんですよ。案山子《かかし》をたてても役にたたず、棒を振り回して大声で追っても何にもならない。鳥の群れが凄いのは七山里のせいなんです。こっちの麓から追い出された鳥が七山里の山の中に隠れていてまた飛んで来るので、腹をたててああやって鉄砲を撃って鳥を殺しているんです。

長男　けれど不安ですね。あのようにやたら撃ちまくったら事故が起きるでしょうに……

町長　実際それが問題です。秋の収穫期の度ごとに事故がおきて……去年は特にひどいものでした。たまたま七山里の人が麓を通っていて弾に当たって目が見えなくなりました。だけど七山里の人たちが黙っていますか……。今度は麓の人たちが七山里の山にどんぐりを拾いに行った時、いやというほど殴られたんで……。

長男　私も去年墓参りに来てその話を聞きました。殴られた人も失明したんですって？

町長　わざと自分で目を殴って、こうなったと麓の人たちが興奮してましたよ。目には目を、歯には歯を、かつての動乱の時の古い感情まで甦って両方で大喧嘩になりましたよ。（心配そうな表情になって）今年はどんなに鳥の群れが騒がしくても銃は使わないようにと説得してみましたが……それがうまくいかないのです。（時計を見て）五時半までにはまだ時間があるし、私は仕事をしなくてはなりません。
長男 そうなさって下さい、町長さん。
町長 鉄砲の音が心配になって……自転車で麓を一回りして来ます。
（町長、舞台左手に執務机を押して移動する。）
次男 （窓の外を眺めながら）町長さんが自転車に乗って行くなあ。ところでどこへ行くんだろうか？
子供たち ところでどこへ行くんだろうか？
次男 おお、そうだ！ 鉄砲を撃っているところへ行くといったんだ。
子供たち おお、そうだ！ 鉄砲を撃っているところへ行くといったんだ。
次男 鳥どもはとっくに逃げてしまっただろうに！
子供たち 鳥どもはとっくに逃げてしまっただろうに！
次男 七山里、山奥に隠れているだろう！
子供たち 七山里、山奥に隠れているだろう！
長男 （微笑を浮かべて）昔のくせというのは変わらないなあ。誰か一人が何かいえば私たちみんながそれを面白く真似したもんだった。
子供たち 昔のくせというのは変わらないなあ。誰か一人が何かいえば私たちみんながそれを面白く真似したもんだった。
長男 （手を振って）止めい、そこまで。（子供たちを見回す。）ところで、みんなどうやって暮らしていたんだ？ 特に変わりはなかったかね？

子供たち　（手を振って動作まで真似をして。）止めい、そこまで。ところで、みんなどうやって暮らしていたんだ？　特に変わりはなかったかね？

次男　（大きな声で）く、ら、し、が、つ、ら、い！　く、ら、し、が、つ、ら、い、や、っ、て、い、け、な、い、よ！

子供たち　（大きな声で真似をして）く、ら、し、が、つ、ら、い、く、ら、し、が、つ、ら、い、や、っ、て、い、け、な、い、よ！

長男　（次男の肩に手をのせて）久しぶりだね、去年のお盆に墓参りに来ると思っていたんだが……何かあったのかい？

次男　やっかいな事があったんだよ。

長男　それはなんだね？

次男　刑事が俺を尾行していてね……えらい目にあったよ。

長男　何か悪いことをやったのかい？

次男　いいや、末の弟が何かしでかしたらしいんだ。彼の居場所を教えろと俺をしつっこくせめるんだ。

長男　あいつがどんなだいそれたことを……？

次男　そうだな、アカの子供たちのすることはなんでも悪くみられるんだから！

長男　（長女に）どうだね、このごろ？　生地屋はうまくいってる？

長女　閑古鳥が鳴いているわ！　店を閉めようかと思っているの。

長男　（三男に）嫁さんは変わりない？　子供たちは元気かい？

三男　（首をすくめて）僕は知らない……

長男　知らないって、どういうことだい？
三男　かみさんが子供たちを連れて家を出てってしまったからね。
長男　そんな……まだ酒ばかり飲んでいるのか？
三男　酒のためじゃないよ、働く所がないからそうなったんだ！
長男　（次女に）相変わらず紡績工場に勤めているんだろ？
次女　そうよ、私に仕事の神様がつきまとっているの。一週間は昼の勤務、一週間は夜の勤務、十二時間交替で働いているんだもの。
長男　体をこわさないように気をつけなよ。（三女に）顔色が悪いね。どこか悪いの？
三女　みんな、あちこち……
長男　病院に行ってみたのかい？
四男　そんな所、行く必要ないよ。僕は田舎のあちこちの市場を歩き回って万病に効く薬を売っていたんだよ！（小さい薬瓶を取り出して、子供たちに）誰か慢性頭痛に悩んでいない？　いつも疲れたり、いろんな炎症に苦しんだり、内股や腕や肩の付け根だとか背中に腫瘍が出来て膿んだり、食べてももたれたり、胸がむかむかして苦しかったり、胃が重たくて不快だったり、下痢と便秘に悩まされていないかい？
子供たち　私たちは慢性頭痛に悩んでいるよ。私たちはいつも疲れているし、色んな炎症に苦しめられ、内股や、腕の付け根や背中に腫瘍が出来て膿んでるし、食べてももたれるし、胸がむかむかして苦しく、胃は重たく不快だし、下痢と便秘に苦しめられているよ！
四男　それはみんな宿便のためなのだ。宿便というと難しい言葉でわからない人もいるだろうがね。

宿便とは易しくいえば腸の中の糞のことだ。大腸、小腸にくっついている固い糞、古くなった糞ということだ。毎日お通じのある人でもこの固まった糞が二キロ半は冷えた腸の中にあるのが常で、便秘症ならその量は極めて多く、食べた物に対して排出した糞が十分でない人ほど量がさらに多いんだ。いずれにしろ、この宿便というものが蓄積され過ぎると体内はすべて老廃物による毒素でいっぱいとなり、そして体力ががた落ちになるんだ。宿便の量が溜まれば溜まるほど、どんな良薬を飲んだり、良い食物を食べても体内に吸収できないから、抵抗力が弱まってだんだん色んな病気に罹ってしまうということだ。腸がきれいでなければ血液も濁って来るし、古い便を出してしまわないかぎりどんな病気も治療することは出来ないんだ！

子供たち　腸がきれいでなければ血液も濁って来るし、古い便を出してしまわないかぎり、どんな病気も治療することはできないんだ！

四男　（手に持っている薬瓶から錠剤をだして長男に与える。）すなわちこれだ！　一日三回の飯の量を少し減らして、この薬を三回に分けて飲んでみな！　たちまち効き目があらわれる。この薬は腸の中を窓ガラスのようにきれいに磨いてくれるだろうし、この薬を飲めば体内に溜まった老廃物がきれいに排出されて、腸の活動や全ての代謝機能が盛んになるんだ。（子供たちに錠剤を分け与える。）体のあちこちにひどい苦痛を感じ、病院や薬局に行ってもその原因がわからず、またどんな治療をしてみても良くならない時は、この薬を飲めば一発だ、一発！

子供たち　どんな治療をしてみても良くならない時は、この薬を飲めば一発だ、一発！

長男　ところで、この薬どんなもので作ったんだい？

四男　それを教えたら僕の商売はあがったりだ！　絶対秘密だ、秘密！

長男　けれど、どんなもので作ったかわかれば安心して飲めるだろうが！
子供たち　けれど、どんなもので作ったかわかれば安心して飲めるだろうが！
四男　わかった、私たち兄弟だけだから教えてやろう。七山里の山奥に生えている薬草で作ったんだ。
長男　七山里の山奥の薬草？
四男　うん、その名前は知らない。葉っぱが手の平ぐらいで、赤い花が咲いてから真っ黒な実がなるんだ。とにかく、幼かった時、僕はお腹がすくとその草をむしって食べたりしてたんだ。そうしたらおならが出て、お腹の中がごろごろ鳴りだし、腸の中のものがみな流れ出たんだ。その草で作ったのが、すなわち、この薬なんだよ！
長男　（呆れた風に笑おうとしたが、悲しい表情になって）私もその草をむしって食べたものだったよ。
子供たち　私もその草をむしって食べたものだったよ。
長男　七山里、山奥では、ひどく、お腹がすいたっけ。
子供たち　七山里、山奥では、ひどく、お腹がすいたっけ。
長男　（手のひらにのせていた錠剤を飲み込みながら）宿便に効くというこの薬を飲み込んだら思い出したよ。幼い時いつも私をいじめる子供たちがいた。その子供たちはこんな悪口をいったんだ。〝おまえは糞みたいな奴だ！〟すべての問題は糞が出ないことから起きるんだ。一〇年も、二〇年も、その糞が積もり積もって国中に毒が広がったのだ。だから、その古い糞を出してしまえば、また国はきれいになり健康になるはずだが……人々は私たちをそんな糞だと考えているんだ！
子供たち　（錠剤を各自飲み込みながら）私たちを糞だと決め付ける人たちがいる。それでその古い糞を出してしまえば、再び、国全体がきれいで、健康になるはずだが……人々はそのように考えているのだろう！

（照明、赤黒い色に変わる。舞台天井から樹木が吊り下がってくる。秋の山奥、母ちゃんとおかみさんたちがどんぐりを拾っている。母ちゃんは大きな編み袋を背負っており、おかみさんたちよりさらに多くのどんぐりを拾いあつめて編み袋は重そうである。鳥の群れが騒がしく鳴きたてている。）

タボンネ　ちょっと見てよ！　人の糞だよ！　山奥に確かに誰かいるよ！
母ちゃん　せっせと拾いなよ、よそ見しないで。
おかみさんたち　カンナニの母ちゃんは……恐くないの？
母ちゃん　私だって恐いさ。
ウムチプネ　恐いといいながらどんぐりはよく拾うもんだね！
母ちゃん　早く拾い集めようよ。すぐ冬になるんだから。どんぐりがなけりゃ餓え死んじゃうよ。
タボンネ　私は……手足が震えて……拾えないよ。
ティッコルネ　山がなんでこんなに恐ろしいんだろうか……？
タボンネ　木を見ただけでもぎょっとするよ。赤黒い……紅葉が……まるで血を流しているみたいで……
ウムチプネ　どのあたりなんだろう……テソクの家の伯父さんが死んだところは……
タボンネ　間違いなくあの山だよ。両手をぎりぎりと縛られたまま竹槍で体中をつきさされて……
おかみさんたち　ああ、なんて恐ろしいこと！
母ちゃん　あの山じゃないよ。あの次の山だよ。
タボンネ　あの次の山ではオンニョンの家の長男が死んだんだよ。死体がぐじゃぐじゃに腐っちまって顔も見分けられなくて……八重歯の歯でどうにかオンニョンの長男だとわかったんだよ。

おかみさんたち　恐ろしい……恐ろしいってば……

タボンネ　けど、誰なのかわかればまだいいよ。七つの山の谷あいごとに誰だかもわからない死体がいっぱいなのに。

母ちゃん　なんでさっきからそんな話ばかりしているんだよ、役にもたたない。（おかみさんたちに近寄って集めたどんぐりをのぞき見て）やっとこれだけかい？　集めたのは。秋は短いよ。もうすぐ冬になって雪が降ったらどうするんだね？　そうなりゃ待ったなしで飢え死んでしまうんだよ！

ウムチプネ　あたしたちこうしているうちに……山にいる……アカたちにつかまったらどうしよう？

母ちゃん　まさかあたしたちを殺すことはできないよ。冬の間生き延びようとどんぐりを拾っているだけなのに、そんなあたしたちを殺すことはできないよ。（恐がっているおかみさんたちをなだめながら）恐くても我慢するんだよ。ぐっとこらえて早く精出して拾おう！

（おかみさんたち、しかたなくどんぐりを拾う。母ちゃんは腕前がよく、おかみさんたちより前に進む。）

タボンネ　（側にいるおかみさんたちに、低い声で）討伐隊が来たそうだがその噂聞いたかい？

ウムチプネ　あたしもその噂聞いたよ。郡庁のある町中まで討伐隊が来たんだって？

タボンネ　七山里はアカの巣窟だからみんな捕まえて殺すんだとかまえているんだって。

ティッコルネ　ああ、それでうろうろしていた山の人たちが近頃静かになったんだね……

ウムチプネ　本物のアカがどうして恐ろしいか知ってるかい？　自分の命なんか惜しまないで闘うんだよ。討伐隊が来れば大変な争いが始まるだろうよ。

ティッコルネ　じゃあ、何の罪もない人も殺すのかい？
タボンネ　七山里の人たちはみんな死ぬことになるだろうよ！　みんな死んでしまう！
おかみさんたち　（真っ青になって叫ぶ。）そうだよ、みんな死ぬんだ！
母ちゃん　何でまたそんな話をするんだい？
おかみさんたち　討伐隊が来ればあたしたちみんな死ぬんだ！
母ちゃん　みんな死ぬかどうかはその時になってみなきゃわからないよ。今はまだ生きている、生きていれば食べて暮らす準備はしておかなきゃならないだろうに。
タボンネ　カンナニの母ちゃんは家族が少ないのに熱心なんだね。旦那は家を出ていないし、年とった姑と拾って来たカンナニ、三人だけだろ？
母ちゃん　頼むよ。カンナニを拾って来たといわないでおくれ。
おかみさんたち　カンナニも知っているのに？
母ちゃん　子供心がどんなに傷つくか……
タボンネ　本当に傷ついているのはカンナニの母ちゃんじゃないの？　自分のお腹では子供一人産めずに旦那が拾って来た子供を育てなきゃならないんだから。
おかみさんたち　（からかうように）カンナニの母ちゃんはいいもんだ、子供も拾って、どんぐりも拾って。
母ちゃん　（黙々とどんぐりを拾う。）
おかみさんたち　怒った？
母ちゃん　怒るなんて……

タボンネ　気にさわることをいわれても怒らないのかい？
母ちゃん　なんでもないよ、あたしは。
タボンネ　カンナニの母ちゃんは五臓六腑をとってしまって生きているんじゃないの？
母ちゃん　何もとってしまったものなんかないよ、初めからあたしの腹には入っているものなんかないんだから……（笑いながら）入ってるものがあったら産んでいただろうに。それが何であっても……でもあたしのお腹はがらんとしたからっぽなのさ。どんなにからっぽなのか、七山里の山七つをみんな押し込んでも何ともないはずだよ。
タボンネ　（目を大きくあけて）どんなお腹だっていうんだい？　七山里の山七つをみんな押し込むというならどんぐりの木もそこにあるんだろうね？
母ちゃん　もちろん、そうだよ。
タボンネ　谷間の死体もかい？
母ちゃん　もちろん、あたしのお腹の中には全部あるともさ。
タボンネ　縁起でもない！　あたしたちもその中に入っているんだろう？
母ちゃん　大急ぎでどんぐりを集めようよ。日が落ちて暗くなればあたしのお腹も真っ暗になるよ。
子供たち　オモニ、オモニ、ウリオモニ
五臓六腑がなにもないウリオモニ
オモニのお腹はとっても広いので
七山里の山七つがその中にあり
小さな子供たちがいるよ。

日よ、日よ、沈まないで！
オモニのお腹が真っ暗になる。
日よ、日よ、沈まないで！
七山里の山奥が恐ろしくなる。
日よ、日よ、沈まないで！
山奥の子供たちが恐がって泣くよ。

（舞台、徐々に暗くなる。）

長男　騒乱の時、私たちは山奥に隠れていたんだっけ。その時の事を今も覚えているかい？
子供たち　もちろん、覚えているさ。
長女　日が沈むと真っ暗だった。
子供たち　真っ暗になると恐ろしかった。
長女　恐ろしくて体が震えたわ。
子供たち　恐ろしかったし、とても寒かった。
三女　そう、寒くてお腹がすいたわ。
子供たち　お腹がすいても食べるものがなかった。
三女　あたしは家に帰りたい！
長女　帰ったってどうしようもない！　家は燃えた！　母ちゃん！　母ちゃん！　どこにいるの？
子供たち　母ちゃん、母ちゃん、呼んでみたってどうしようもない。母ちゃんは逃げて行った！
三女　父ちゃんは今何しているの？　どうして出て来ないのかしら？

長女　父ちゃんは私たちを捨てた。討伐隊が来れば闘って死ぬつもりよ。だからあんたのような幼い子供は捨てたのさ。
三女　じゃあ、あたしはどうすればいいの？
長女　ちゃんと隠れていな！　髪の毛が見えるよ！
三女　髪の毛がみえると……？
子供たち　髪の毛がみえると捕まって殺されるよ！（全員各自の席へ戻って行く。）ちゃんと隠れな、このアカのガキども！

（チリン、チリンと自転車のベルが響く。舞台明るくなる。町長が自転車に乗って出て来る。道端に二人の刑事が立っている。刑事たちは地図を広げて地形を見渡す。）

若い刑事　（町長に）ちょっと、失礼いたします。
町長　（自転車を止める。）はい、何でしょうか？
若い刑事　ちょっと道をお尋ねしたいのですが……
老刑事　ここは初めてなので地図を広げて見ているんですが、どこかで間違えたのか七山里へ行く道が表示されていないんですね。
町長　ああ、それは間違えているのではないのです。七山里には道がないんです。
刑事たち　道がないんですって？
町長　ですが、もうじき自動車道路が出来ます。（遠くを指さしながら）とにかく、あそこに聳えたっている山が七つみえるでしょう？　七山里はあそこにあるんです。
老刑事　（困った表情で）がむしゃらにただ、あの山にむかって行けばいいんですか？

町長　ちょっと待ってください、電話線に沿って行きなさい、七山里には村長宅と国民学校の分校、この二カ所に電話線がひかれています。

刑事たち　(暗記するように)電話線に沿って行けか……。

町長　(自転車のペダルを踏んで)では、気をつけてお出かけください。

刑事たち　ありがとう、町長さん。

町長　(自転車を止めて振り返って見る。)しかし、おかしいですな。ここは初めてだといいながら私が町長だとどうしてご存じなのですか?

若い刑事　さっき町役場に行って来たんですよ。我々の探している人が来たかと思って……

老刑事　挨拶が遅れてしまいました。町長さん。(若い刑事に)町長さんに我々の身分証をお見せしなさい。そいつを捕まえるにはどうしても町長さんの助けが必要のようでしてね。

若い刑事　(町長に近付いて手帳を出して身分証を見せる。)私たちは刑事です。

町長　(顔をこわばらせて)ところで……私が何を手助けするんですか?

若い刑事　我々が探している奴は、早い話がアカなんです!

老刑事　ずいぶん露骨な言い方だな。町長さん、我々は思想の危険な者たちを探しているんです。彼らは世の中を騒がせることに血眼になっているんです。自動車工場のスト、造船所のストなど大きなストには必ずそいつらがかかわっているんです。それで我々は奴らを捕まえて穏やかにこの社会から隔離しておかねばならないのです。ところが我々は今日そいつが自分の母親の墓の移葬のために七山里に来るという情報を手に入れたんですよ。

若い刑事　(手帳から写真を取り出して町長に突き出す。)こんな顔つきの奴です。あだ名は末っ子です。

見たことありますか？

町長　（写真を受け取って見て）末っ子か……見た記憶がないんですが。

老刑事　我々は二通りの可能性があると見ています。そいつが町役場に現われるか、でなければ七山里の墓地に現われるか……それで七山里の道をお尋ねしたのです。

若い刑事　町長さんはその写真をお持ちになっていて下さい。そして役場に現われたら私たちに報せて下さい。

町長　そりゃご協力しなければなりませんが……私は事務所にばかりいるというわけではありません。いまもご覧のようにあちこちと動きまわらねばならないんです。

老刑事　どんな用事のためにそんなにお出かけなんですか？

町長　この頃空気銃での事故が多発してまして。そこでやたらに銃を使わないようにと住民を説得しにまわるんですが……

若い刑事　ああ、そのようなことならば説得に回られる必要はありません。

老刑事　私たちは銃を持った人たちの心理をよく知ってます。銃というものは撃たずにはおれない代物です。まして動乱を経験した所に住む人々の銃をやたらに撃つ癖は直すことは出来ません。まさに、ここがそのような所なのです。我々は初めて来ましたが地形が尋常でないことがわかりました。（町長に近寄って地図を広げる。そして実際の地形と照らし合わさせて示しながら）ご覧なさい、町長さん。あそこ、つまり七山里の方は高い山があります。その反対のこちら側は平地ですから、地図を見るとこちら側に来るほど土地はなだらかになって来て人々の暮らす村も多くなります。地形がこのようになっていればどんなことが起こることになるかご存じですか？　動乱はこちらの平地で起こったのですが、戦って負けた奴らはみな山の方へ逃げて行きます。そうなると勝った連中は後を追いかけて山を取り囲んで兎狩りでもするように追い込んだり、さもなければ最初から山に火をつけてしまいます。

町長　よくご存じですね。ここでもそんなことがありましたよ。

老刑事　それでも、そんな動乱の中でも生き残る奴らがおります。アカの子供たちです。彼らは幼い時は大人しくしていても大人になれば父親に似て危険な思想を持つものです。

町長　今、七山里には大人しくて善良な住民ばかりが残っています。それでもアカの巣窟だったと、七山里出身だと結婚の道も閉ざされ、出世の道も閉ざされ、暮らしの道さえ塞がれます。実際に、就職しようとしても身元照会に引っかかってだめなのです。事実は動乱を起こしたのは七山里の人びとではないのに、すべての被害は彼らが被っているのです。

老刑事　七山里を良く言い過ぎるんじゃありませんか？

町長　私は事実をそのまま申し上げたんです。

若い刑事　町長さん、我々が捕まえようとしている奴は七山里の出身者です。

老刑事　今、町役場に来ている者たちもそうでしょう。アカの子供たちというのはみな危険だとみなければなりません。

町長　七山里の住民たちはそういったアカの子供たちを嫌っております。彼らのおかげで被害ばかり被っているからです。七山里の谷間には彼らのオモニの墓があって訪ねて来るのですが、住民たちは彼らが来ることさえ嫌っております。それで二度と来られないように、今回自動車道路を通す機会にその墓を移動してもらいたいというのが住民たちの意見です。

若い刑事　それが、そう簡単にいきますかね？　その末っ子という奴は墳墓移葬を反対しに来ます。
老刑事　町長さんも気をつけた方がよろしいでしょう。そいつらはかならず悶着を起こしますから。
若い刑事　（老刑事に）どう思われますか？　末っ子という奴は町役場に現われるでしょうか？　それとも七山里に現われるようですか。
老刑事　我々は二手《ふたて》にわかれよう。私はこの役場の方を見張るから、君は七山里へ行って見てくれ。
若い刑事　そうしましょう。（暗記したのを繰り返しながら）七山里へ行くならば……電話線に沿って行け……
老刑事　町長さんにもお願いします。無用な見回りなどしないで事務所をちゃんと見張っていて下さい。そして、そいつが現われたら私に報せて下さい。私は向かいのバス停留所にいますから。（催促するように）では、急いで行って下さい。町長さん！
若い刑事　（七山里の方へ歩きながら、皮肉な態度で手を振る。）またお会いしましょう、町長さん！
（町長、ためらっていたが自転車のペダルを踏む。彼は舞台を一回りして自分の席に戻る。舞台全体を照らしていた照明が暗くなって、中央にだけ円くライトがあたる。お婆ちゃんとカンナニが破れた冬物をとりだして針仕事をしている。）
お婆ちゃん　（針と糸をカンナニに差出しながら）よく見えない。糸を通しておくれ。
カンナニ　お婆ちゃんの目おかしいわ。遠い所はよく見えるのに、どうして近い所は見えないの？
お婆ちゃん　年とったからさ。
カンナニ　（針に糸を通して渡しながら）お婆ちゃんの耳はどうなの？　遠くの声はよく聞こえて近くの声は聞こえないの？

お婆ちゃん　年とった私をからかうのかい？
カンナニ　よく聞いてみて、お婆ちゃん。今あの山の中からどんな音が聞こえるのか……
お婆ちゃん　（しばし耳を傾けていたが首を振る。）何にも聞こえないよ。
カンナニ　あたいの耳には聞こえるの……本当よ。ひそひそと囁く子供の声のようでもあり……哀しくむせび泣く声のようでもあり……
お婆ちゃん　とんでもない考えはお止め！　一日中山へ遊びに行くことばかり考えていると思ってたのに……（癇癪を起こして）日が沈むというのにお前の母ちゃんはなぜまだ帰って来ないんだい？
カンナニ　母ちゃんはどんぐりをたくさん拾ったみたい。荷物が重くて休み休み来るから遅いのよ。（お婆ちゃんに媚びるように）お婆ちゃん、あたいを明日山に行かせて。あたいが母ちゃんの荷物を分けて持てば、そうすれば早く帰れるでしょ。
お婆ちゃん　（厳しく）山へ行ってはだめ！
カンナニ　（泣きそうな表情で）なぜ……だめなの？
お婆ちゃん　何度いえばわかるんだ？　頑丈な大の男衆でも山へ行くと死ぬんだ！　それなのにお前みたいな女の子が行ってみな！　生きては帰って来れないよ。
（母ちゃんが登場する。台所に重そうに背負って来た編み袋を下ろして、服についた木の葉などを落とす。）
お婆ちゃん　母ちゃんかい？
母ちゃん　遅くなって……すみません。
お婆ちゃん　（舌打ちして）ちっ、山へ行って死んだかと思ったよ。

母ちゃん　山では何事もなかったですよ。お母さん、討伐隊が来るという噂は本当らしいです。村のおかみさんたちもそういってましたよ。
お婆ちゃん　噂のようなものは信じるんじゃないよ。動乱の最中にはどんなワナが仕掛けられているかわかったもんじゃないからね。（針仕事を続けながら）そこの竈《かまど》にとうもろこしを煮ておいたよ。お腹がすいてるだろう、食べな。
母ちゃん　お母さんは？
お婆ちゃん　あたしたちはもう食べたよ。
カンナニ　（母ちゃんに近寄って）母ちゃん、あたいにも少しだけ頂だい。
母ちゃん　いいよ（釜のふたをあけてとうもろこしを取り出して渡す。）お食べ。
お婆ちゃん　母ちゃんの夕食をまた横取りするのかい？
カンナニ　一つもらうだけなのに！（とうもろこしを食べながら）お婆ちゃんは一日中あたいを怒鳴ってばかりいるのよ。
母ちゃん　（とうもろこしを食べながら）お前が悪いからなんだよ。
カンナニ　ちがうわ。あたいは悪いことないわ。わけもなしに怒鳴るのよ。さっきもそうよ。あの山から子供たちの声が聞こえるといったら、お婆ちゃんはあたいにとんでもないことばかり考えると怒鳴りだしたのよ。（とうもろこしを食べるのをやめて耳を傾けながら）今もあたいの耳には聞こえる。子供たちの声よ、母ちゃん、聞いてみて。子供たちが恐ろしがって囁いているの。
母ちゃん　（しばし耳を傾ける。）風の音だね。林の間を風が通り抜けると落葉が散ってそんな音がするんだよ。

カンナニ　じゃあ、あのむせび泣くような音は何なの？
母ちゃん　どんな音だって？
カンナニ　子供たちが悲しそうに泣いているじゃない！
母ちゃん　さぁて……谷間で水が流れる音のようだけど。
カンナニ　母ちゃんは本当に病身のようね。子供を産めないからだだから子供たちの声も聞き取れないのね。
お婆ちゃん　この子はなんて不躾なんだい！　一つぶっておやり！
母ちゃん　お婆さんが怒っておられるよ、そんなことをいって。
カンナニ　（そっぽを向いて）お婆ちゃんはあたいを憎んでいるのよ。拾って来た子だからといって憎んでるんだわ。
母ちゃん　そうじゃないよ。お婆さんはどんなにお前を可愛がっているか。
カンナニ　お婆ちゃんは母ちゃんも憎んでいるのよ。母ちゃんは子供を産めないと村の人たちにいい触らしているのよ。母ちゃん、可愛がられたければ男の子を産みなよ。おチンチンのついた男の子を産めば母ちゃんはすぐに可愛がられるようになるよ。
母ちゃん　とうもろこしでも食べようね。
カンナニ　あたいのいう通りにしなってば、母ちゃん。
母ちゃん　（ほほ笑みながら）私も子供は産みたいよ。一人といわず一〇人、一〇人ではなく二〇人、三〇人でも……けれど子供は神様が授けて下さるのだから。人の思うようにはならないんだよ。
カンナニ　お婆ちゃんは毎朝水をくんで祈ってるよ。（手をすりあわせ頭を下げる真似をして）神様、子供を授けて下さい、神様、どうか子供を下さい……
お婆ちゃん　母ちゃんや、もう食べたかい？
母ちゃん　はい、食べました。
お婆ちゃん　食べ終ったらお休み。夜に起きていればお腹がすくだけだ。
母ちゃん　すぐ寝ますから。（お婆ちゃんに向いて腰を折って）お休みなさい、お母さん。
お婆ちゃん　ああ、私もすぐ寝るよ。
母ちゃん　（カンナニに）お前も挨拶しなさい。
カンナニ　（お婆ちゃんに向いてお辞儀をしながら）お休みなさい、お婆ちゃん。
お婆ちゃん　お前もぐっすりお休み。ぶつくさしゃべっていないで。

（子供たち、舞台中央に出て来る。）

オモニ、オモニ、ウリオモニ
子供を産めない哀れなオモニ
姑には憎まれ
村人からは嘲られ
拾って育てて来た娘には
子供をすぐ産みなとせがまれ
悔しい、本当に、悔しかろう！
胸が苦しい、本当に苦しかろう！
秋の夜の暗やみの長いことよ！

暗やみの中を風が吹き
暗やみの中で子供たちは囁き合い
暗やみの中を鳥は鳴きしきり
暗やみの中で子供たちは啜り泣き
子供の産めないオモニは胸をこがす
悔しかろう、オモニと子供たち！
悲しかろう、オモニと子供たち！
胸痛かろう、オモニと子供たち！

（舞台のお婆ちゃん、母ちゃん、カンナニは各自の席へ戻って行く。町長事務所に戻って来る。）

町長　（鬱陶しい表情で）気になる天気だな。しょっちゅう曇り……これでは雪になりそうです。
長男　（空をながめて）そのようですね。
町長　気温もぐんと下がって……
長男　そういえば秋も過ぎたし、雪が降り出す頃でしょう。
子供たち　（低い声で心配そうに囁き合う。）初雪が降りそうだ。オモニのお墓はどうしよう。
長男　町長さん、用事はうまくいかなかったんですか？　今も野原では鳥を撃つ銃声が止まないから……
町長　ええ、何カ所か回ってみましたが無駄でした。ところで、道の途中である人たちに会いました。彼らが私にいうには、ここのように、ひどい動乱を経験をした所では住民たちはやたら銃を撃つしかないそうで、それを直そうなんてしない方がいいといいました。その言葉を聞いたら力が抜けて……私の前任の町長もそのようなことをいってました。何年か前のことです。私が初めて町長になってここに赴任して来た時、事務引継ぎをしながら前任の町長がこんなことをいってましたよ。気をつけなさい。ここの住民は過去の人たちなんだよ。私はそれがどういう意味かわかりませんでしたよ。しかしだんだん時間が経つほどにここの住民たちは現在を生きているのではなく、過去の動乱の中で暮らしているという感じがしてきました。率直に、私はそれがいやですね。私は生きている人たちの町長ではなく幽霊たちの町長をしているようで気分が悪いのです。

長男 (憂鬱な表情になって) 本当は、過去の中に暮らしている人たちも気分のよいはずはないですよ。特に私たちはですよ。どんなに現在に抜け出そうと努力しても……過去は私たちをがっちりと捕まえて放そうとしないんです。

町長 その反対のようですけど? むしろあなたたちが過去を捕まえて放さないのですよ。さ、今すぐにでも放してしまいなさい。七山里のそのお墓を移すことが新しい始まりなのです!

長男 私たちはまだ全員集まっておりません。

町長 今集まっているあなたたちで十分でしょう!

長男 町長さん、私たちはみんな集まって相談してみなければなりません。

町長 (時計を指す。) あれを見てください。もう三時四〇分です! 事務所が閉まる時間は五時半、それまで待ったとしてもたった二時間です! もう待つこともありませんよ! いますぐ移してしまいなさい!

長男 (がっかりして。) 町長さん……私たちは町長さんが他のお役人たちとは違うことを願っておりました。しかし、やはり同じ人のようですね。

町長 それはどういうことですか?

長男　私たちはたくさんのお役人に接してきました。彼らは一貫して命令ばかり下しました。私たちの考えを聞こうともせず、私たちの行動をはなっから禁止したんですよ。私たちをそのまま過去の中で生きるように閉じこめたのです。どうぞ、私たちを助けてください、町長さん。私たちを過去から抜け出せるように助けてくだされば本当に有難いです。

町長　私はあなたたちを手助けしようと努力してます。それはご存じでしょう？

長男　（首を横に振る。）その程度では不足なのです。根本的に私たちへの応対を変えて頂きたいのです。

町長　（むっとして）根本的にですと？　私が何をどのようにしてやることを望んでるんですか？　むしろ問題はあなたたちにあります。朝からこの事務所に来て、今この時間まで何かを待っているだけであなたたちには変化はありません！（詰問するように）一体全体何を待つのです？（ポケットから写真を取り出して長男に見せてやる。）もしかして、この人が来るのを待っているんじゃないですか？

長男　（写真をのぞいて見る。）

町長　誰ですか？　この人は？

長男　私たちの弟です。

町長　ここに必ず来るといいますが、そうですか？

長男　はい、来るはずです。ところで町長さんはどうしてこの写真を持っておられるんですか？

町長　（さらに疑わしげに）なんで来るのですか？　彼が必ず来なければならない理由は何なのですか？

長男　弟はオモニの愛を一番多く受けて来たのですよ。

町長　単純にそれだけのためですか？　率直にいえば、彼は七山里のお墓を移すことに反対するために来るのでしょう？

長男　そうですね……

町長　誰かが私にこの写真を見せていいました。「この者は危険な思想を持っている。」ですがそれは本当ですか？

長男　誰かが私にも同じことをいいました。「お前は危険な思想を持っている。」ところでそれは本当ですか？

子供たち　誰かが私たちにも全く同じことをいいました。「お前たちは危険な思想を持っている。」ですが、それは本当ですか？

町長　本当ですかと私に聞いてどうします？　皆さん自身が答える問題でしょう！

長男　そうですね……私たちの思想が危険だという疑いを受けるのは……私たちが経験した記憶のためでしょう。私たちは幼い頃七山里の山奥におりましたが、その山奥の記憶では……寒くて、暗くて、恐ろしくて、ひもじくて、そのような苦痛ばかりでした。けれども最初は私たちがなぜそのような苦痛を受けなければならないのかわからなかったのです。何か途方もないことが起こって私たちは七山里の山奥に追われて行ったんですが……一体、どうしてそのようなことが起こったのか……その事と私たちはどんな関係があるのか……わかりませんでしたよ。それでも私たちは辛酸をなめているうちにだんだん考えが変わって行きました。

町長　それはどんな考えなのですか？

長男　（子供たちに近寄って）町長さんが私たちの考えをお聞きになりたいそうだ。まず、私の考えからいおうか……（率直に告白する態度で）私は悪い奴です。私は悪い奴でしたので山奥に追われて行った。私のような奴は恐ろしくて寒い所で苦痛を受けるべきである。

次男　（憤慨した表情で立ち上がる。）違う！　私は自分が悪いと考えたことはない！　むしろ私は何の過ちもないし、そんな私がひどい苦痛をうけねばならないのは不当だと考えていた！

長男　うん、それもそうだね。だけど七山里の山奥での日々が長引き、寒さとひもじさがひどくなるにつれて……私は悪い奴だという思いがしきりにしたんだ。むろん今もそうだけど。この世間のどこへ行っても七山里と全く同じで、やはり苦痛に違いない。ところで、万一私が何の過ちもないのにそんなひどい苦痛をうけねばならないとしたら……（首を横に振って）そしたら私はたったの一日もその苦痛に耐えることはできなかったろう。

次男　この世のどこも七山里と全く同じ苦痛だということには同感だ。けれど苦しければ苦しいほど何の過ちもないという思いで頑張るべきだ！

長女　（次男のことばを支持して立ち上がる。）その意見は正しいわ！（町長に）私たちが苦しみを受けているのは世の中が間違っているのであって、私たちが間違っているのではないんです。それなのに不当に苦痛と迫害を受けているのです！

三男　しかし、それは危険な考えだよ。

長女　（腹立たしそうに）危険だって一体どんな意味？

三男　私たちの現実がそうじゃないか。絶対に悪くないんだと頑固に言い張ってみな、いたずらにもっと誤解をおこして、避けられる苦痛も受けるようになるんだよ。

長女　あんたバカね！　じゃああんたは私たちが悪いと思えばすべての苦痛を避けられるというの？

次男　（子供たちをみまわして）よく知っておくんだ！　私たちが悪いという考え、それが本当に危険なんだ。私たちがそうした考えを捨てなければ、人々はいつも私たちを悪者扱いしかしないんだぜ！

次女　（懐疑的な態度で）だけど私は納得がいきません。私たちがどんな考え方をするか、それにどんな意味があるの？　重要なのは私たちの考え方でなく人々の考え方なのよ。人々が私たちをどのように考えているかによって、私たちは悪くもなり、悪くない者にもなるのよ。

四男　（同意して）その通り、まさにそれだよ。たとえば、私たちが何も考えてなくても彼らが私たちを悪いと考えれば悪い者になるのだ。

次女　（自嘲的に笑う）だけど本当におかしいわ！　人々は私たちをああだこうだと考えていたかと思うと、すぐまたあれこれを考え出すものだから、私たちはいつどんな目にあわされるかといつもひどく不安でしょ！

三女　（恐ろしさに縮み上がって）そうだわ。人々の考えが危険よ！　むしろ彼らの目にふれないよう七山里の山奥でのようにじっと隠れていましょうよ！

長男　（町長に）もうおわかりでしょう。私たちの考えがどんなものか。

町長　（持っている写真を指して）私が本当に知りたいのはこの人です。さあ、率直に話してご覧なさい！　この人は今どんな危険な考えを持ってますか？

長男　（子供たちに尋ねる。）末の弟は今どんな考えを持っている？

子供たち　私たちは知らないね、末の弟がどんな考えをしているのか。

長男　私たちは現在、末の弟がどんな考えをしているか知りません。ですが、過去の幼い時期の彼の考えていたことは知っていますよ。

子供たち　私たちもそれは知っている。末の弟の考えは私たちと同じだったよ。私たちが七山里の山奥に隠れていた時、末の弟と私たちは全く同じ考えをしていたよ。

長男　（まるで昔のことが目の前に見えるように）そうだった、末の弟と私たちは全く同じように生きたいと考えていた。それで私たちはみんな一緒に七山里の村に向かって喉も裂けよとばかりに叫んだんだ。（両手を口に寄せて叫ぶ。）「私たちは生きたいのです」

子供たち　すると七山里の七つの山が続いて叫んだんだ。（口に手をよせてやまびこの真似をする。）「わ、た、し、た、ち、は、い、き、た、い、の、で、す！」

長男　七つの山が殷々《いんいん》と続いて叫んだよ。「ど、う、ぞ、た、す、け、て、く、だ、さ、い」

（舞台暗転する。暗い中で子供たちの叫び声が続く。側面の照明が明るくなる。おかみさんたちと母ちゃんがうろたえた様子で歩き回る。）

おかみさんたち　真夜中に何の音だろう？

ティッコルルネ　小さい子供たちの声だよ。私はあの声で目が覚めちまったよ。

タボンネ　村中の者がみな起こされてしまった！

ウムチプネ　一体どうしたんだろう！　どこから聞こえて来るんだろうか？

母ちゃん　あの山奥から聞こえるよ。うちのカンナニがいってたよ。山奥に小さい子供たちがいるんだって。

タボンネ　カンナニがそんなことを？　いつ山へ行ったんだろう？

ウムチプネ　山へ行ったのは私たちだったよ。けれど子供たちなんか見なかったけどね？

ティッコルルネ　山の中が恐くて……私はうわの空で震えてばかりいて。

ウムチプネ　私も震えてばかりいたよ。

タボンネ　私もそうだったよ。だけどカンナニの母ちゃんは恐くて震えることもなかっただろうに、どうして子供たちに気がつかなかったんだろうね？

母ちゃん　（後悔する表情で）どんぐりを集めることにばかり気をとられていた、私は……

おかみさんたち　（嘲るように）カンナニの母ちゃんはどんぐり拾いに夢中で他のものは目に入らなかったんだ！　子供たちよりどんぐりの方が大事だったようだね？

タボンネ　私は何か変な感じだったんだよ。木の間で小さなものがチラチラ見えたような気がしたし……今思うと子供たちだ！　私は子供たちを見たんだよ！

ティッコルネ　私もいわなかったけど、山の中に子供たちがいるということは感じていたよ。岩の下でとても小さな足跡を見たんだもの！

タボンネ　カンナニの母ちゃんはその足跡が何なのか知らなかろう？

おかみさんたち　もちろんだよ！　どんぐり拾いに忙しくて猪の足跡か子供たちの足跡かの見分けもつかなかったろうよ。

ウムチプネ　私は山の中で何か声を聞いたよ。しきりにそれが子供たちの声のように思った。だからとっても気に掛かって……どんぐりなんか拾う気になれなかったよ。

おかみさんたち　やはり子供を産んだことのある母親たちは違うね！　自分の子供の可愛さを知っているから他人の子供の大事なことも知っていて、しょっちゅう気持ちが子供にそそがれるんだね。

タボンネ　哀れな小さい子供たち、真っ暗な山の中でどんなに恐ろしかろう！

ティッコルネ　みんな殺されてしまうよ、討伐隊が来て戦いが始まれば！

（おかみさんたちは自分たちだけで騒ぐ。母ちゃんはおかみさんたちに加われずに数歩離れている。）

子供たち　わ、た、し、た、ち、を、た、す、け、て、く、だ、さ、い！

おかみさんたち　（地団駄踏みながら）助けてくれというのよ、ああ、あの哀れな子供たち！

タボンネ　私たちがあの子らを助けてあげなくちゃ！（ティッコルネに）あの子供たちを連れてきて育ててあげてよ。あんたのところは子供が少ないだろ？

ティッコルネ　（驚いて）何ていったの、今？　うちは今晩のめしにも困る貧乏暮らしなんだよ。子供は少なくったって一人前に育てられるかどうか心配なのに。（ため息をつく）貧乏が恨めしい。食わせて着せることさえできればあの子たちを連れて来て養ってやるんだけれど……（ウムチプネに）うちよりはあんたのとこの暮らしむきの方がましだろう。子供たちを食べさせるのには心配ないんじゃない？

ウムチプネ　さあ、貧乏なことは同じさ！　その上、うちの子らは乱暴者でよく兄弟喧嘩をするんだよ。だから、他人の子供を連れて来て一緒に暮らしてみな……打《ぶ》ったり、殴ったりの喧嘩になるにきまってるし、そしたら兄弟でもないその子たちはどうなる？（考えるほどに自信がなくなって）平穏な日がなくて争ってばかりいるだろう……（首を振ってタボンネに）けどあんたのとこはみんな大人しいんじゃない？　喧嘩なんてやりかたも知らないし、あの子たちを連れて来てもとても仲良く暮らせるだろう！

タボンネ　そりゃ、子供同士は仲良く暮らすだろうよ！　しかし、うちは亭主がいるからだめだよ。まして、アカの子供たちなんか連れて来たらその場ですぐ殴り殺しちゃうよ！（ティッコルネに）そういわないであんたがもう一度考えて見なよ。

ティッコルネ　だめだよ、私は自分の子供を育てるのも大変だというのに。

タボンネ　全く薄情だね！

ティッコルネ　薄情でいうんじゃないよ。（涙を両手でかわるがわる拭きながら後退《あとずさ》りする。）私の胸も痛むよ、あの子たちが可哀相で涙が出るのに。

ウムチプネ　ああれ、あのきつね、泣き真似するざまをみてご覧よ！

タボンネ　それじゃ、（ウムチプネに向かって）あんたが連れて来たらどう？　お宅のご亭主はアカの味方だったもの。子供たちを連れて来ても大丈夫だろう？

ウムチプネ　大丈夫だろうって？（腹をたてて）うちの人があの人たちの味方をするのは本心じゃなかったんだよ！　だからあの子たちを連れて来てごらん、本当のアカだと思われちまうじゃないか！

（身をひるがえして行ってしまう。）

タボンネ　ちぇっ、この頃はみな自分のことしか考えないんだから。

母ちゃん　あの……どうかな、私が連れて来たら？

タボンネ　（母ちゃんがいたことさえ忘れていたかのように、無視する態度で）いま、何かいったかい？

母ちゃん　私があの子たちを連れて来たいんだけど……

タボンネ　はっきりいってやろうか？　カンナニの母ちゃんはだめ、絶対だめだよ！　みんながカンナニの母ちゃん、カンナニの母ちゃんと、母ちゃんという呼び方をしてくれるからその気になるんだろうが、内心では誰もカンナニの母ちゃんを母親だと思う人はいないよ。よく覚えておいて！　子供は誰もが育てられるものじゃない。自分の腹の中で十《と》つきも身籠もって、産み落とした者だけがそれを子供として育てられるもんなんだよ。あの人たち、それに私は本物の母親だよ！　それで子供を連れて来て育ててみようと互いに勧めあっているんだよ。けれどカンナニの母ちゃんには話もしなかったろ。だから初めから子供を連れて来ることなんて考えもしなさんな。それは本物の母親にですら背負いきれないことなのに、母親でない者にはとんでもない真似なんだからね！　母親の真似をしようなんて考えもしなさんな、とんでもないことなんだからね！（体を縮めて震えながら）夜風が冷たくてたまらないね！　私は家に帰るよ。（何歩か歩いてから振り返り）何で帰らないの？私の言葉が気にさわったかい？

母ちゃん　いいや、みんなその通りだよ。

タボンネ　一人でいたければ、お好きなように。けれど、できることを考えなきゃ、夜通し考えたって無駄じゃないかね！

（タボンネ舞台の自分の席に戻る。）

母ちゃん　そう、私は本当の母親になりたいよ！　自分のお腹で子供を産んでこそ母親になれるならば、それぐらいのこと出来なくもないよ！（チョゴリをさっと脱いで地面に広げ、指で土をにぎってのせる。）どれくらいの大きさだろうか？　お腹の中の赤ん坊は？　重さはまたどれくらいだろうか？（土を推し量ってのせチョゴリをくるくる巻いてチマの中の腹部にくくる。）ともかく、ああ赤ん坊よ、うれしいな！　こうして十カ月我慢して母親になるならば、私は喜んで我慢出来るよ。赤ん坊よ、私のお腹の赤ん坊よ、お前を産む日、私は七山里が張り裂けんばかりに叫ぶのだ！　見てよ、私も母親になった！　とうとう私も母親になったよ！

（暗やみの中からカンナニが登場する。）

カンナニ　ここで何してるの？

母ちゃん　（ふと我に返って）だれ？

カンナニ　あたしよ、カンナニ。夜中にどこへ行ったかと探していたのよ。（母ちゃんの様子をいぶかって）そのお腹に隠しているものなあに？

母ちゃん　（お腹を見せないように体をまわして）何でもないよ……

カンナニ　（母ちゃんの前を見ようと一緒に体をまわしながら）お腹に何を隠したの？

母ちゃん　隠したものなんてないってば……

カンナニ　私に見せてよ！（素早い動作で母ちゃんのお腹の前に立つ。目をまんまるくして）赤ん坊がお腹にいるの？

母ちゃん　いいや……

カンナニ　じゃあ、なぜお腹がそんなに大きいの？

母ちゃん　ただ……本当の母親になりたくて……真似してみただけよ。

カンナニ　（カラカラと笑って）母ちゃんは子どもが生めない体なのよ。母親の真似だけしたってどうなるの！

母ちゃん　（一緒に笑いながら）お前のいう通りだ！（チマをまくり上げてお腹にくくりつけたチョゴリを解く。）子どもが生めない女がお腹に土を抱いて十カ月経ったとて何の意味があるんだろう？（チョゴリに包んだ土をあける。）この土から骨ができるのかい？　むりやり子供をつくろうとした自分が恥ずかしいね！

カンナニ　恥ずかしいことしたなら泣かなくちゃ、なぜ笑っているの？

母ちゃん　そうだね、あまりあきれて泣くこともできず、笑っているんじゃない。いずれにしろ、ありがとう！　お前が来てくれてよかったよ。お前がここに来なかったらば、おろかにも土を抱いて、一晩中ここでぐるぐるまわっていただろうからね。

カンナニ　かあちゃんはバカよ。あの山奥からどんな声が聞こえるか、わかる?
母ちゃん　もうわかるよ、子供たちの声だよ。
カンナニ　その通りよ、夕方、母ちゃんはあれは風の音だといったのよ。私が何度も子供の声だといっても、母ちゃんは鳥の声だ、水の音だってとんでもない返事ばかりしてたのよ。
母ちゃん　山の奥に子供たちがいることをお前はどうして知ったの?
カンナニ　お婆ちゃんに内緒で山へ遊びに行ったんだよ、一日中家にいるのが退屈だったから……山には子供たちがいっぱいいよ。あたいみたいな小さい子供には恐くないのよ。みんな出てきて一緒に遊んだのよ。山の中の子供たちは可哀そうだよ。母ちゃんがあの子たちを連れて来てよ。あの子たちの母ちゃんになってみなよ。
母ちゃん　私にはできないよ。
カンナニ　なんでできないの?　母ちゃんは本当に病身だ!
母ちゃん　(哀しげな表情で)私を見てご覧。今はそんな事をきいても笑わないよ。
カンナニ　いいえ、笑うべきよ!　母ちゃんはあべこべなのよ!　さっき、土で子供を拵《こしら》えようとしていた時は、泣くべきだったし、今あの子たちのお母さんになってっていった時には笑わなくちゃ!
私はあの子供たちに母ちゃんの話をしてあげたの。(子供たちにしてやった話のとおりに繰り返して)「私の母ちゃんは私のほんとの母ちゃんではなかった。けれども私にはこの世で一番いい母ちゃんになってくれた」そしたら子供たちがなんといったとおもう?「お前の母ちゃんを私たちの母ちゃんにしたい。そしたら私たちにもいい母ちゃんになってくれるだろう。」
母ちゃん　(カンナニを抱き締めて)その言葉を聞いて本当に有難いよねぇ!　だけど私は……自信が

ない。山の中でどんぐりをたくさん拾うことだけで、子供たちがいることも知らなかったのに……母親の資格なんか……誰にも出来ることじゃ……ないんだってさ。……

カンナニ　母ちゃんはそれも知らないの？　どんぐりをたくさん拾うってことこそ母親になれることでしょ！

母ちゃん　じゃあ、母ちゃんはどんぐりをもっともっと熱心に集めなくちゃね。

カンナニ　子供たちを連れて来てよ。そしたら私もみんなと一緒に拾い集めるから！

母ちゃん　そうしよう、山が七つもあるんだからまさか飢えることはないだろう！　夜があけたらお前が山に行って子供たちを連れて来ておくれ！

カンナニ　母ちゃん、そのチョゴリを貸してちょうだい。竿に結んで旗のようになびかせながら子供たちを連れて来るから！

母ちゃん　本当にとんでもないことなのだろうか？　私は本当の母親になりたいよ。七山里の山七つでもお腹の中に入れて毎年一人ずつ、ある年は双子のように二人ずつ産むように、全身に汗を流し、赤い血をしたたらせて、ぎゃあぎゃあわめいて、天地も崩れよと地団駄踏んで産むように、胸にぎゅっと抱き締めて、自分の子供として育てなくては！

（舞台照明、朝の日差しのように明るくなる。山から子供たちが列をつくって下りて来る。行列の先頭にカンナニが母ちゃんのチョゴリを高くくくりつけた旗竿を掲げている。彼らの動作は踊りに変わる。母ちゃんは子供たちを迎え、一人ずつ抱き締める。）

オモニ、オモニ、ウリオモニ
この世で最も素晴らしいウリオモニ

ひるがえれ、オモニのチョゴリよ！
ひるがえれ、我らの旗よ！
暗やみは去って光はやって来る！
明るい日差しが降り注ぐ山道を
我らはオモニに向かって行進して行く。
オモニ、オモニ、ウリオモニ
眩しく光り輝く朝に
両手を広げて力いっぱい抱き締めてくれるウリオモニ
この世で一番素晴らしいウリオモニ。

（母ちゃんが抱き締めた子供たちは一人ずつ舞台の自分の席に戻って座る。最後の子供を抱き締めると、すぐ町役場の事務所の場面に変わる。町長の机の上の電話がけたたましく鳴る。町長が受話器をとり机を押しながら舞台の右側に移動する。）

町長　ウォルピョンの町役場です。あぁ、七山里村長さんですね？　ハイ……ハイ……末っ子という人が……（緊張した表情で）七山里の住民立ちが興奮してシャベルとツルハシを準備した……（声を高くして）もしもし、村長さん！　住民たちを落ち着かせて下さい！　町長の私が責任を持って今日中に解決しますから、どうか落ち着くようにいって下さい！（受話器をもどす。）頭の痛いことをしてくれるなぁ！

長男　（自分の席から立ち上がり町長に近づいて来て）何が起こったんですか？

町長　七山里の住民たちが……（話してみても余計頭が痛むだけだというように首を振る。）

長男　住民たちが、何ですか？　何か不吉な感じがします。
町長　自分たちが直接、墓を掘り返してしまうというんですよ。
長男　彼らが直接掘り返すんですって？
町長　末っ子という人が七山里に現われたというのです。そしてオモニの墓は絶対移さないといって歩いたので、住民たちが興奮している様子です。（深刻な表情を浮かべて）末っ子というその人物、考えれば考えるほど疑わしいのです。この事務所に立ち寄りもせず、先に七山里に行くなんて……その上、わざとというか、住民たちを刺激して歩き回ってます。「我々はオモニの墓をそのままにしておく。移したければあんたたちが掘り返せ！」一体どうしてそんなことをいって歩くのでしょうかね？　その意図は何なのか、考えられることがあったらばいってみて下さい。
長男　そうですね……私が思うには……七山里の人たちは末の弟が現われる前から興奮していたようですね。シャベルとツルハシも朝早くから準備していただろうし、私たちがそのままにしておけば直接掘り返そうとあらかじめ考えていたんでしょう。
町長　むろん、七山里はそんな雰囲気です。それをよく知っているはずの末っ子という人物が、わざわざそこへ行ったということは尋常ではありません。なんというか、それは七山里の人たちみんなを刺激して騒ぎを起こそうという意図が明らかです。（苛立った語調で）もうわかりました。あなたたちは漠然と待っていたのではないのです。まさしくこうした事態が起こるのをあらかじめ知っていて待っていたんでしょう！
長男　それは誤解です、町長さん。
町長　（一層声を高めて）誤解ですと？　あなたたちは元来問題を起こすことを好む人たちではありま

せんか？　住民たちをいきり立たせて、そうして、墓を掘り返させておけば、しめたとばかりにあなたたちは道路を通す工事を妨げるために立てこもるわけですね？

長男　それはあまりに言い過ぎですよ。私たちはオモニの墓を移すという公告が出たというしらせを聞いて、慌ててここへ来ただけです。

町長　（時計を眺めて）今四時を過ぎました。もうここらであなたたちは、あの墓を移すという決定をするべきです。

長男　五時半まで待って下さい。その時までみんなが集まれば相談してみます。

町長　その時になってやっと相談とは……やはり私の思った通りだ！

長男　町長さんのお立場がどんなものかは私たちもよく知っています。七山里に道路を通さなければならないし、そのためには墓を移さねばならないが、この機会に初めから他の場所に移すことを望んでいるのでしょう。そしてそれは町長さんの個人的意見というよりも七山里住民みんなの希望であって、それは七山里から私たちの痕跡をきれいに取り除いてしまうという意味がこめられています。

町長　（態度を和らげて）私は……不当なことを強要するのではないのです。七山里の人たちがあれ程嫌っていて、またどうせ移すしかないのならば、子供たち自身で移すのがよいと考えていたのですよ。

長男　七山里の人たちは初めから私たちを憎んでいたのです。特に七山里の村長は、ひときわ私たちを憎んでいたのです。（舞台周辺に行って座っている子供たちに）七山里の村長を初めて見た日を覚えているかい？

子供たち　（みな立ち上がる。）もちろん覚えているとも！

三女　（不安そうな表情で）その時はとても恐かったわ。たくさんの軍人たちが押し寄せてきて山を取り囲んで銃を撃ったのよ。オモニは討伐隊が来たといって、私たちに床下に入って伏せているようにといったわ。（三女が話している間、子供たちは俯《うつぶ》せになる。首だけをしっかりともたげ、外を凝視する姿は恐怖におののいている。）何日間かパンパンと喧しかった銃声が……その日は、急に、ピタッと止んだっけ。（しばし、沈黙）七山里全体がひっそりと静まりかえったの。けれど私たちはあまりの恐さで、床下から出ようとはしなかった。体をじっと伏せたまま、息さえとめて、じっとしていたけど……キイッ…キイッ……キイッ……だんだんそばに近付いて来る音……（子供たち、間に潜り込んで伏せる。）キイッ……キイッ……

子供たち　（一層恐怖がつのる。低い声で）キイッ……キイッ……

三女　七山里七つの山も息を殺したままその音を聞いていた。キイッ……キイッ……

子供たち　キイッ……キイッ……

（七山里の村長が木の枝で作った松葉杖をついて出て来る。彼の左足はひどい怪我をしているかのように布切れを裂いてぐるぐる巻いている。村長の後から陸軍特務曹長がゆっくりと歩調をあわせついて出て来る。特務曹長の役は若い刑事役の俳優が、村長は老刑事役の俳優が扮してもよい。）

村長　こんちくしょう奴！　キイッ、キイッ、キイッ、キイッ……歩く度に気分の悪い音を出すんだな！（松葉杖を持ち上げて見せながら）これのせいなのか？　間に合わせの木の枝で作ったもんだから枝がはずれてキイッて鳴りだすのかな？

曹長　（鬱陶しいというようにぞんざいに）早く歩けよ。

村長　（怪我した足を軽くなでて）でなければ、この怪我した足の折れた骨がぶつかりあって音を出すのかな？（歩く。）キイッ、キイッ、キイッ、キイッ、歩く度に気分が悪くなるよ。
曹長　何をして怪我したんだね？
村長　討伐隊を手伝おうとして怪我したんですよ、曹長殿。
曹長　そうじゃないんじゃないの？　もしかしてアカどもを手助けして怪我したのと違うか？
村長　（歩みを止めてつよく否定する。）あんまりなお言葉ですよ！　討伐隊のために山道を案内していて険しい所で転んだんですよ！
曹長　七山里の村長は信じられないね。こっちについたり、あっちについたり……、有利な方にくっつくからな。さぁ、さっさと歩くんだ！
村長　（歩きながら。）もうじき着きます。アカの子供たちを十二人も匿《かくま》った家は。その家に行ったらカンナニの母ちゃん、カンナニの母ちゃん、と呼んで見てください。すると主のいない嫁さんが出てくるはずです。
曹長　主のいない嫁……変な言い方だね？　お前さん、もしかして、その女に下心を抱いているんじゃないの？
村長　どうしてさっきから私を気にいらなそうに見られるんですか？（歩みを止めて）私は行きません。
曹長　（背中を押し）ぐずぐずしないで早く行け！
村長　その女の夫は戦死しました。この動乱のさなかに軍人になったとも聞くし、パルチザンになったともいわれてましたが結局、軍人であることがわかったんですよ。（ポケットからしわくちゃになった紙切れを取り出す。）これがまさにその戦死の通知書です。何日か前、郡の事務所から久しく行政が麻痺状態だったために滞っていたといって、これを送ってよこしたんですよ。

曹長　じゃあ、早く伝えてあげるべきだろうに、なぜそのまま持ち歩いていたんだ？

村長　嬉しい報らせでもないものを早く報らせる必要があるでしょうか？（歩みを止める。）さあ、着きました。曹長殿。ここ、この家にどうせこうして来たからには私はこれを伝えなければなるまいな。（大きな声で呼ぶ。）カンナニの母ちゃん、カンナニの母ちゃん！

曹長　それは私の用が済んでからにしたまえ。

村長　そうしましょう。（戦死通知書をポケットに押し込む。）悲しい報らせは遅いほどよいだろう。

（母ちゃん、舞台の自分の席から出てくる。カンナニは自分の席でいてもたってもいられない様子。母ちゃんは一生懸命落ち着こうとする。）

母ちゃん　村長さんが……こんな夕暮れに……何事でしょうか？

村長　討伐隊から来られた。陸軍特務曹長、将校ではないけれど実際の戦闘経歴は将校よりも豊富ですよ！

曹長　余計なことをいうね！（母ちゃんに）ちょっとお顔を拝見。あなたがアカの子供たちを匿っているというのは、本当ですか？

母ちゃん　はい、曹長さん。

曹長　どこに匿ったのですか？

母ちゃん　（率直に）私の家にです。

曹長　みんなを出てくるようにしろ！

カンナニ　母ちゃん、出させちゃだめよ……

村長　（催促する。）何してる？　早く引きずり出さないか！
母ちゃん　曹長さん、あの子たちをどうするおつもりですか？
村長　みんな殺さなくちゃ！　いたずらに生かしておけば禍《わざわい》の元となるからな！
曹長　我々はむやみに人を殺しはしません。（母ちゃんのまわりを一回りして風体を注意深く観察する。好感を持ったというように満足げな表情、寛大な態度になる。）
母ちゃん　ありがとうございます。では、どのように……？
曹長　みんなを連れて行くつもりです。
村長　うん、そうだとも！　そいつらを監獄に連れて行くべきだ！
曹長　黙っていろ！　監獄ではなく、収容所に連れて行くのだ！
村長　監獄でも収容所でも同じことでしょ！　アカのガキどもはそういう所に根こそぎ放りこんでおくのだ！
カンナニ　母ちゃん……母ちゃん……監獄だってよ……
母ちゃん　収容所は……どんな所ですか？
曹長　あなたは心配することないです。収容所はちゃんと食べさせ、ちゃんと着せるでしょうよ。
村長　（抗議するように）曹長殿、そいつらにちゃんと食べさせてはなりません。アカのガキたちは丸裸で飢えさせるべきですよ！
母ちゃん　私は曹長殿を信じます。この子たちを連れて行ってもちゃんとして下さるでしょう。いまその子たちに必要なものはご飯と服なのです。でも、私の家には何もありません。（伏せている子供たちにむかって）私の子供たちよ、みんなこっちへ出ておいで！　お前たちをよい所へ連れて行くって曹長殿が来られたのよ！
（子供たち、泣きだしそうな悲しい表情で起き上がって出て来る。彼らは行きたくないという意を表して首を振る。）
母ちゃん　どうして行かないというの？　私は、お前たちに……してやれることが何もない……
子供たち　（一層激しく首を振る。）
曹長　（子供たちを眺めていたが失望したように）みんな小さな奴らばかりか……（母ちゃんに）こんな奴らばかりかね？　もっと大きい奴らはいないのかということだよ！
母ちゃん　ここにいる子供たちが全部です。
村長　（腹をたてた表情で松葉杖を振り回して）このアカのガキども、とっとと行け！　曹長殿について早く行かんか！
母ちゃん　曹長殿、私はこの子らと一緒に行きます。収容所に一緒に行って子供たちのごはんも炊き、服も作らせて下さい。そうすれば、子供たちもよろこんで曹長殿について行くでしょう。
カンナニ　（駆けて来て子供たちの傍に立つ。）母ちゃん、あたいも一緒に行くよ！
村長　何？　みんな一緒に行くだと？　気でもふれたか！
曹長　（母ちゃんに）あなたはだめです。
子供たち　（首を横に振る。）
母ちゃん　（子供たちに）では、仕方ないね、お前たちが行かないというなら私も行かないよ。私が行かなければお前たちも行かないだろうし……みんなでここにいることにしよう！
村長　（曹長にくってかかるように）一体、何をためらっているのですか？　あいつらをさっさとひっぱって行かないで！

曹長　あいつらをここにおいても飢え死にしてしまうだろう。わざわざ連れていく手間は必要ない。帰って上官に報告する。気のおかしい女がアカの子供たちを連れているが、結局この冬には飢え死にしてしまうだろうとな。（母ちゃんを指して）あなただけ、私について来なさい！　調べることがあるから一緒に行きましょう。

（母ちゃん、ひっぱられて行く。カンナニが前で押しとどめるが曹長は押し退けて転ばす。）

カンナニ　（母ちゃんが引かれて行った方を見つめてカンナニが泣き声をあげ）母ちゃん！　母ちゃん！

（お婆ちゃんが、瓢《ひさご》の入れ物を持って舞台に出て来る。）

お婆ちゃん　カンナニや、どうして、泣いているんだい？

カンナニ　母ちゃんが引っ張っていかれたの！

お婆ちゃん　何がどうしたって？

カンナニ　（泣きながら）母ちゃんが軍人に連れて行かれたっていってるのよ！

村長　カンナニの婆ちゃん、どこへ行っていたんです？

お婆ちゃん　ウムチプの家に味噌をもらいに行ったのさ。（空の器を引っ繰り返して見せて、うらめしそうに）あの女め、薄情な！　味噌汁を作ろうと味噌を一匙だけわけてくれといったら、ないって白《しら》をきるのさ！（村長の怪我をした足に目をやって）アイグッ、まだその足治らんですか？

村長　私の心配はいいから、自分の心配でもしなさいよ！　お婆ちゃんはアカの子供たちが家の中にいっぱいだったのを知らなかったのですか？

お婆ちゃん　知っていたとも、それがどうしたかね？

村長　すぐに追い出してしまうんだ！
お婆ちゃん　さて、子供として連れているのだから……
村長　お婆ちゃん、しっかりしてよ！（子供たちを指して）あいつらはアカが捨てたガキたちで、お婆ちゃんの息子の本当の子供ではありませんよ！
お婆ちゃん　確かに村長のいうとおりだよ。私の息子の本当の子供ではない。けれど、養子にすることができるじゃないの？
村長　いいや、あいつらは養子にも出来ない！
お婆ちゃん　息子が戻って来たら、聞いてみなくちゃ。
村長　お婆ちゃんの息子は帰って来られないよ。（ポケットから死亡通知書を取り出して読む。）死亡通知書、階級二等級、軍番526110048、姓名パク・スンドン、祖国のために散華された故人の家族に慎んで弔慰を表し……（お婆ちゃんに近よって死亡通知書を突き出す。）さあ、これを受け取って。
お婆ちゃん　（死亡通知書を受け取り）いったい、何をいっているんだい？
村長　カンナニの父さんが……死んだということです。
お婆ちゃん　（信じられないというように）カンナニの父さんが……死ぬはずはない！　久しく何の音沙汰もなかったからって死人を作らないでよ。ね、村長。私がとんまだと思って騙そうとするんだろう！
村長　いまいましい！　今度の動乱はどっちの側かが完全に相手を壊滅させれば後の禍がなくなるのだ。殺してしまうものはその種子まで殺し、引き抜いてしまうものはその根っこまで引き抜くべきなんだ。そうしないで中途半端にしておいてみな、世の中が騒がしくなる！（お婆ちゃんに向かって）

カンナニのお婆ちゃん、私が七山里の村長をやりながら学んだことは何かご存じかね？　私はアカにも味方をし、アオにも味方したのだ！　どちらかが正しいからって味方したのではないよ。動乱というのは正しいか間違いかをあきらかにしようとして起きるものだが、互いに争っているうちに二つともまったく同じものになるんだな。まったくこん畜生だ！　もうどっちが正しいか区別することもできないし、またそれは重要でもない。ただ早く動乱が終わることを願うばかりなのに、そうなるためには一方が勝たねばならないし、一方が負けねばならない。（子供たちに）このアカのガキどもよ！　私はお前たちに個人的に悪感情はない！　しかし、勝った方が正しくて負けた方が正しくないとしてははっきり決着がつけば世の中は静かになる。そうした世間の目から見れば、お前たちは負けるべきものたちで、悪い奴らで、根こそぎにしなければならない奴らなのだ！（お婆ちゃんに近付いて）お婆ちゃん、息子が死んでさぞがっかりでしょう。私とは幼い時から友達だったが……気持ちがとても優しかった。それが悪かった。動乱が起きればそうした善良な人からまず先に死ぬからね。お婆ちゃんの願いは孫たちを見ることだったろうに、もうそれも出来なくなったたね。（子供たちを指して）あいつらのために息子が死んだんですよ！　あいつらをこの家に置いておいてはいけません！　あの悪い奴らは種子が違っていて絶対に息子の後を嗣ぐ養子になることはできない！　いますぐ追い出せ！　ちきしょう奴！　お婆ちゃん、早くアカのガキどもを追い出してしまいなさい！

お婆ちゃん　（ぺったりと座り込んで木の枝で地面を叩きながら、泣き叫ぶように）こいつら、出て行け！

　この悪者奴ら、早く出て行け！

長男　（低い語調で）出て行け、出て行け……沈黙していた七山里の七つの山が……後について叫んだっけ……

子供たち　（悲しい声でやまびこのまねをする。）こ、い、つ、ら、で、て、い、け！　で、て、い、け！　こ、の、わ、る、も、の、ら、は、や、く、で、て、い、け！

村長　（舞台の自分の席へ戻って）くそったれ！　キイッー、キイッー、キイッキイッー、気分の悪い音が止まらないな！

（舞台照明が変わりながら町長が村長とすれ違うように出て来る。彼が語り終える間にお婆ちゃんと子供たち各自の席に戻って行く。）

町長　あなたたちの記憶は間違えたか、誇張されたもののようですよ。キイッ、キイッと七山里の村長からいやな音が聞こえたといいますが、それは事実というより歪曲された記憶でしょう。まして、七山里の村長が日和見主義者のようにアカ側にも加担したというのは信じられませんね。彼ははっきりとした信念を持って、献身的に働いてきた人間として知られています。

長男　記憶がみな正確だとはいえませんでしょう。時間がたてば記憶は色あせたり、変質したりしますから。しかし、最初に受けた強い印象は、むしろ後になって本質をあらわにしてくれます。七山里村長の本質はきわめて明確です。彼は同じ世の中で両方が共に暮らすことは出来ないということでしょう。だから一方は必ず勝たねばならず、もう一方は絶対に負けねばならないということなのです。彼が勝つ方に加担して負ける方を根こそぎにする仕事に献身したのはそのためでしょう。万が一、七山里山奥のいわゆるアカたちが勝つようであったならば、彼はためらわずそちらを選んだでしょう。

町長　七山里の村長がきいたら飛び上がるような話ですな。

長男　いずれにしろ、私たちが持っている印象はそのようなものです。

町長　アボジについての記憶はどうですか？　あなたたちはアボジについてはひとことも話していません。
長男　アボジについては……
町長　また口をつぐむんですね。記憶がないのですか？
長男　いいえ……
町長　記憶はあるけれど、ありのままにいうのがいやなのですか？
長男　話すのがいやなのでもありません。ただ、何というか……うちのアボジたち、とても変なんです。七山里のすべての記憶は過去のある瞬間で止まっているのに、アボジたちだけは例外です。死んだのに、生きてるとでもいうべきか……いってみれば、アボジたちがなぜアカになったのかということは、過去の記憶だけでは解釈出来ません。ただそのまま過去の記憶のとおりならば、アボジたちは殺人と放火をやったことで、討伐隊に殺された凶悪な集団にすぎませんからね。けれど今日の目で解釈して見ると、アボジたちの実体はかなり違ってくるのです。
町長　どんな実体なんです？
長男　アボジたちは大部分、感情的な理想主義者たちに見えてきます。
町長　理想主義者たちだなんてとんでもない話です！　彼らは残忍に人を殺したんですよ。私の親戚にも大勢おります。公務員や警官の家族、また少し暮らし向きのよい地主たちを彼らは捕まえて殺したのですからね。あなたたちのアボジは弁明の余地がありません。徹底して思想武装をした冷血な集団だったのです。
長男　もちろん、アボジたちの殺人行為を否定しようとするのではありません。しかしアボジたちも残酷に殺されました。考えてみて下さい、町長さん。アボジたちが七山里の山奥に逃げ込んだ理由は何だったでしょうか？　まずは生きるためです。殺人は両方で引き起こしたたし、それをどちらか一方だけの責任にすることは出来ないでしょう。町長さん、私たちはどこの誰よりもアボジたちについて事実を知りたいんです。そうしてアボジたちが残した痕跡はどんなものでも集めようとして、はては七山里の山奥に討伐隊で来た人たちを探し歩いてアボジの最後を聞き出しさえしました。結局、私たちが判断したアボジたちは、徹底的に思想武装した集団ではありませんでした。むしろ、アボジたちの体臭からは、多分に感傷的な理想主義者の臭いがしました。こちら側の不当な利をむさぼっている輩《やから》や、悪質な輩が支配している現実に拒否感を感じて、金持ちも貧乏人もいない平等な暮らしが出来るというあちら側の理念に幻惑された人たちでした。しかし、アボジたちが討伐隊に殺される時、最後に叫んだのはあちら側の万歳ではなくオモニだったそうです。それだけを見ても、アボジたちは、死ぬときにはあちら側の理念にも同調することが出来なかったのです。

町長　するとなんですか、あなたたちのアボジはこちら側も捨て、あちら側も捨てたということですか？

長男　はい、私たちのアボジはまさにそういう人たちだったのです。

（舞台左側で母ちゃんと子供たちがみな立ち上がる。）

子供たち　（長男にむかって）何してるの？　母ちゃんがさっきから探しているよ。

長男　なんで私を探してるの？

子供たち　町役場へ一緒に行こうって。

長男　町役場へ？　そこへ何しに行くの？

子供たち　七山里の山奥で死んだアボジたちを町役場の前の広場に並べてあるんだって。
母ちゃん　行こう、子供たちよ！
（長男、子供たちの行列に加わる。討伐隊兵士が射殺された死体を町役場の前の広場に並べている。その死体は赤黒い布切れで幾筋も垂れ下がるように作ってあり、兵士たちは曹長と町長をやった俳優が行なう。）
兵士たち　死体は今日一日だけ公示する！　身元が確認された死体は引き渡し、身元不明の死体はひとまとめに埋葬する！
母ちゃん　（子供たちに）みんな父さんを探しておくれ。
子供たち　（顔をそむけたまま死体に近付けないでいる。）
兵士たち　何をぐずぐずしているんだ、このアカのガキたちは！
母ちゃん　アボジを探すんだったら顔をごらん！　顔を見てもわからないなら手と足の形をよく調べて、それでもわからないなら見慣れたものがないか調べてごらん！
（母ちゃん、子供たちを連れて死体の間を歩いて一つずつ確認させる。アボジを探しだした子供たちがいる。長男、姿が大部分損傷した死体を調べながら、膝を折り曲げてかがみこんでにおいを嗅ぐ。そしてついに見付けたというようにその死体をぎゅっと抱きしめる。）
兵士たち　お前の父ちゃんんか？
長男　はい。
兵士たち　だが、どうしてお前の父ちゃんだとわかったのか？
長男　においです。

兵士たち　においでわかったって？　この野郎、いまここがふざけるような所か？

長男　（死体に抱きつき泣き叫ぶように）ふざけているんじゃありません！　ふざけているんじゃないんですよ！

兵士たち　どけ！　どくんだ！　お前たちの父ちゃんだいう証拠がないので、死体はすべて身元不明として処理する！

母ちゃんと子供たち　（追い立てられるように自分の席に戻って行く。）

（舞台、激しく冷たい冬の風が吹く。雪が降る。母ちゃんと子供たちが舞台の中央に出て縮まって座る。）

子供たち　オモニ、オモニ、ウリオモニ
アカの子をもうけたウリオモニ
追っ払え、追い出せ、追い出せ
ヒッヒヒ、怒鳴りつけて
ヒッヒヒ、雷がおちても
ふところから離さなかったウリオモニ
オモニと一緒に送ったその年の冬は
白く、真っ白く、雪が降ったね
赤い色を消して
青い色を消して
黄色を消して

この世上のすべての色をみな消して
白く、真っ白く、雪が降ったね。

母ちゃん　頭をあげて山をごらん！　七山里の七つの山が真っ白になって素晴らしいこと！　白い雪が降る空は静かで、白く雪に覆われた大地は奥深いね。

カンナニ　けれど母ちゃん……雪を食べてお腹がいっぱいになる？

子供たち　お腹がすいた……お腹……すいた……

母ちゃん　そうね、お前たちはお腹がすいているので……雪でも腹いっぱい食べたいだろうね。（間）だけど、よく聞いてごらん。これはお前たちが解いてみるなぞなぞだよ。今、お前たちの前にどんぐりの煮こごりが一椀ある。ところが、その煮こごりを今日食べれば明日は食べるものがなくなり、明日食べると明後日は食べるものがないの。ではお前たちはその煮こごりをいつ食べる方がいいかね？

カンナニ　母ちゃん、今日食べるよ！

子供たち　今日すぐ食べなくちゃ！

母ちゃん　（子供たちをなだめながら）違うの、違うのよ。その煮こごりは明後日食べるのよ。そうしてこそ、お前たちは今日も生き、明日も生き、明後日も生きることができるのよ。

（舞台左側からおかみさんたちが食物を盛ったお盆を持って出て来る。おかみさんたちは母ちゃんだけを用心深く手招きして呼び出す。）

タボンネ　子供たちのためにひどく苦労してるようね！　痩せて骨ばかりになっちまって！

ウムチプネ　食物は子供たちにやりカンナニの母ちゃんは飢えているんだって！

ティッコルネ　無駄な行為だよ。死ぬほど苦労してみたって、あの子供たちがわかってくれるかい？

母ちゃん　私はわかってもらおうとは思わない。ただ私は……母ちゃんの真似をして見たかっただけだもの。

ティッコルネ　（お盆を押しつけて）ここに私たちがあずき粥をひと椀持って来たよ。

母ちゃん　ありがとう。（お盆を受け取って、かけてある布巾をとり）ほかほかと湯気がたって……食べたいね……

タボンネ　カンナニの母ちゃんのことを思って持って来たんだから、子供たちにやらないで自分一人で食べなよ。

母ちゃん　（笑いを浮かべて）わかったよ。

ウムチプネ　カンナニのお婆ちゃんは心配いらないよ。あっちの家、こっちの家の台所を覗き込んで、おいしいものをうまく見付けだすんだからね。

ティッコルネ　私たちが見ているからね。

母ちゃん　何を見るというの？

ティッコルネ　カンナニの母ちゃんが必ず一人で食べるかどうか、見るのよ。

母ちゃん　心配しないで帰って。（早く行けというように彼女たちを手で追い）本当にごちそうになるよ……この小豆粥一杯……

（おかみさんたち、互いに顔を見合わせる。「やっぱりそうだ……」という意味をこめた笑いを浮かべて舞台の左側に戻って行く。母ちゃん、小豆粥の入ったお盆を持って子供たちに近寄って順番に一匙ずつ口に入れてやる。そして器がからになると母ちゃんは子供たちの側に身を縮めて座る。）

カンナニ　（母ちゃんの傍に行こうと立ち上がり）母ちゃん……母ちゃんはなぜなんにも食べないの？
母ちゃん　じっと座っていなよ、動かないで。そうすれば体力も消耗しないで冬を越せるからね。
カンナニ　（立ち上がったまま、わっと泣きだす。）母ちゃんは飢え死にしちゃうよ！
子供たち　（泣きだしながら）飢え死にしちゃうよ！　飢え死にしてしまう……
母ちゃん　私は考えてみた。家に残っているドングリで煮こごりをつくったらどれぐらい生きられるだろうか……種蒔き用として残してあるソバ、とうもろこし、ジャガイモを足せばこの冬を生きられるだろうか……（首を横に振る。）それではとても足りない……他のものをもっと足せばお前たちは生きられるが……春になればあの七つの山には食べるものがいっぱいだ。よもぎ、なずな、勿忘草《わすれなぐさ》、山菜、葛の根、わらび、みんな私についていってごらん。
子供たち　よもぎ、なずな、勿忘草、山菜、葛の根、わらび。
母ちゃん　（声をおとして）ぜんまい、つりがね人参の葉、ニガナ、のびる、みんな食べられる！
子供たち　（だんだん高くなる声で）さかな、つりがね人参の葉、ニガナ、のびる、みんな食べられる！
母ちゃん　夏にはきのこがいっぱいだ！　たまご茸、松茸、箒茸……
子供たち　たまご茸、松茸、箒茸……
母ちゃん　食べるものがとってもたくさんあるねぇ！
子供たち　食べるものが本当にたくさんだねぇ！
母ちゃん　秋には七つの山に食べるものはもっといっぱいだよ！（一言ずつ、力をこめて）栗！　まめ！　柿！　梨！　やまぶどう！　どんぐり！　松の実！　木、に、な、る、も、の、は、み、な、た、べ、る！

子供たち　栗！　まめ！　柿！　梨！　やまぶどう！　どんぐり！　松の実！　木、に、な、る、も、の、は、み、な、た、べ、る！

母ちゃん　食べるものがどんなにいっぱいあることか！　この冬を我慢して耐えぬけば、春からはあの七つの山がお前たちを食べさせてくれるだろう！　泣かないで静かにしていな。冬の間だけでも……私はお前たちの……母ちゃんになっていたかったが……だけど春からはあの七つの山がお前たちの母親になって……お前たちをみな大きくなるまで育ててくれるだろう……私の子供たちよ……哀れな私の子供たちよ……お前たちは……七つの山をお母さんとして……幸せになるのだよ……お前たちが幸せならば……私は死んでも……うれしいよ……

（照明が暗くなる。カンナニが死んだ母ちゃんを背負って舞台の外へ退場する。子供たちが啜り泣きながらついて行く。町長が机をおしながら舞台の中央に出てくる。彼は机の上に置いてある書類を纏めて引き出しの中にしまう。）

町長　もう役場の門を閉める時間になりました。七山里のお母さんの墓をどうなさるのか、決定して下さい！

（子供たち、沈んだ表情で町長の周りに集まる。）

町長　あなたたちのお気持ちはわかります。あなたたちのために飢え死にしたオモニ、そのオモニに対する愛着は大変なものでしょう。

長男　他人にはわからないでしょう、私たちの気持ちは。

町長　いずれにしろ、そのオモニの埋められている墓を移さねばなりません。（空を見上げて）あの空をごらんなさい！　予想したとおり雪になりました！（子供たちに催促する。）早く決定して下さい！

雪が降り積もればお墓を移す作業も大変になってきます。

長男 （子供たちを見回して）私たちは十二人全員揃うのを待ったんだ、けれどまだ来ない者がいるんだ。

長女 末の弟は七山里にいるというから、この事務所にも必ず来ると思うんですけど？

町長 いいえ、彼は来られないです。

長女 来られないですって？

町長 そういう訳があります。刑事が彼を捕らえに七山里に向かったんですよ。

長女 （町長に抗議して）何をしたといって、私たちの末っ子を捕らえるのですか？

町長 私にはわかりません、詳しくは……しかし、今ごろは捕らえられたでしょう。

長女 そうでしょうとも！ アカの子供は捕らえられてもその理由を詳しく知る必要がないんでしょう！ 町長さん、私たちはオモニの墓を移しません！（子供たちに）私たちもしっかり覚悟しなくちゃ。抗議してこの事務所で最後までがんばろうよ！

町長 （困り果てた表情で）それでは残念ですが……七山里の住民たちがあなたがたのオモニの墓を掘り返すことになるでしょう。

長女 （さらに強い語調で）やるならやってごらんなさい！ しかし、町長さん、このことを知っておいて下さい。その墓を移すことに反対なのはここにいる私たちだけではありません。今日、ここに来られなかった人たち、来たくても末の弟のように来られない人たちみんなが反対しているということを！

次女 （懐疑的な態度で首を振る。）私はここに来たことを後悔しているわ。率直にいって私たちの手でオモニを移してあげて、そのまま早く帰ればいいんです。

長女　オモニを移す場所はどこよ？　そして子供である私たちの帰って行く所はどこよ？
次女　私たちにはそれぞれ暮らしている場所があるじゃない？
長女　一体、なんてことをいうの！　私たちが帰る所は七山里だけよ！
次男　（長女に同調して）その通りだ。今、私たちの暮らしている場所は仮の場所に過ぎない。人間は最後に帰る所がなければならない。私たちにはその場所が七山里で、オモニの墓はすなわちそこになければならないのだ！
三男　七山里ならこりごりだ。そこには私たちに楽しい思い出はなかったじゃないか？　私たちが七山里を初めから捨て去ることも悪いことではない。むしろ冷静に考えてみれば忘れて生きることの方がもっとよいこともある。
次女　そうよ、今日ここに来ない人たちはもう七山里を忘れてしまったのよ。あの人たちは来たくても来られないのではないのよ。七山里を忘れてしまおうと、あえて来なかったのよ。
長女　（叱る）お前たち、ずいぶん変わったわね！　お前たちはもうオモニの子供たちでないよ！
三男　（対抗するように）なぜ？　私もオモニの子だよ。七山里を人生のすべてのようにこだわってるだけが、子供たちのすることと考えないでくれ。
長女　（怒って三男の頬を打つ。）誰よ？　ほかに誰なの？　私たちの中で七山里を否定する人がいたら出て来てみなさいよ！　本当にただではおかないから！
次女　私はこんな雰囲気はいやよ！　率直な気持ちをいうと子供でないなんて……それでは誰が心を開いて話すことが出来るの？
三女　（両手で顔を覆ってすすり泣く。）喧嘩しないで……怖いわ……私たち同士お互いにあらそうのは怖いのよ……

長男 （三女の肩を包むように抱いて）怖がることはないよ。私たちはみんなオモニの子供たちなのだよ。今日ここに来た人、何らかの理由でここに来られなかった人、かれらすべてがオモニにとっては同じ子供たちなんだよ。（子供たちに）みんな落ち着いて考えてみな。さっき、私たちはこんなことといわなかったかい？　この世のどこへ行っても七山里と同じで、私たちが経験する苦痛も違いはないのだと……私たちがみなオモニの子供であるように、オモニのいる所は世の中のどこであろうとそこが七山里なのだよ。私たちがオモニを東に移してあげると、そこが七山里、西に移してあげればそこが七山里、南に移しても、そこが七山里なのだよ。だから私たちがオモニを火葬して、各々が分けもって東西南北に散り散りになればそこがすべて七山里になるのだ。（すすり泣いている三女をつれて舞台の外に退場し）私たちは七山里へ行くよ。オモニを安置しに行く人はみな一緒に七山里に行こう。

（子供たち一人、二人と長男の後について舞台の外に退場する。舞台には町長だけが残る。彼は机の上の受話器をとってダイヤルをまわす。）

町長 郡庁ですか？　こちらウォルピョン町、町役場です。郡長どの、今すみました。縁故者たちがたった今、七山里に向かって出発しました。自分たちの手でオモニの墓を移すそうです。ハイ……ハイ……私も後から七山里に行くつもりです。なにごともなく彼らのオモニを移せるよう手助けするつもりです。（受話器を置いてしばらくの間空を眺める。）雪がだんだん激しくなって来たなぁ。オモニが世界を覆うように……世界がすべて真っ白になって行くなあ。

——幕——

ユートピアを飲んで眠る

登場人物

イシク（ミン・イシク）　翻訳を職業としている四十代前半の男
妻　ミン・イシクの妻
アボジ　ミン・イシクの老父
オモニ　〃　老母
スヌン（アン・スヌン）　新しい文学雑誌創刊に意欲を燃やしているイシクの友人
発行人　大手出版社の経営主
ミス・ホン　その女秘書
編集長　意気消沈した五十代の男
小さい青年　革命的気質を持った若い人
大きい青年　その同僚

舞台

ミン・イシクの家、彼が翻訳作業をしている書斎にはかなり古びたみすぼらしい机があり、翻訳中の本と辞書、キーを打つたびにうるさい音を出す旧式のタイプライターがその上に置いてある。それ以外の家具としては安物の人造皮革で拵《こしら》えたソファと何脚かの塗りの禿げ落ちた木の椅子、雑誌と単行本が入り交じって積まれている机がある。

書斎の後方左手には別の部屋と食堂があるが客席からは見えずそこへ行く通路によって部屋と食堂があることを暗示する。書斎の後方右手には外へ通じる玄関の門がある。舞台装置ではミン・イシクの家は大体の輪郭だけが見えるようにする。

むしろその家を取り巻いている外の世界が具体的に強調されねばならないが、この演劇の登場人物を含む多くの人たちの表情、喜び、怒り、希望、挫折を表現する半円形の広大な壁画がミン・イシクの家を取り囲んでいる。そしてこの壁画は演劇の進行にしたがって照明を受けて鮮明に現われる。

第一幕

ミン・イシクは幾晩か徹夜して翻訳作業を強行している。くたびれた様子である。書斎の左手の部屋からは絶え間なく癇癪を起こしたような赤ん坊の泣き声が聞こえてくる。ミン・イシクはその声に対抗するように翻訳中の本を覗き込み一層熱心に、タイプライターを叩く。間。彼は机の上に散らばっている打ち終えた用紙を揃えて翻訳された文章が正しくなっているか確認しようと声を高くして読む。

イシク　マルクス主義は矛盾だらけの哲学である。したがってマルクス主義を合理的に説明しようとする理論は自己撞着に陥ってしまう。物質第一主義に対する信念を主張しながら、物質的な状況を変化させようとする人間の役割を同時に強調する矛盾、これがマルクス主義の矛盾点である。

（赤ん坊が一層ありったけの声で泣き喚く。）

イシク　このような矛盾点を弁証法的な方法によって解決出来るとすれば、ここには新しい問題が派生するようになる。それは弁証法的な方法に対する批判が可能なのか、すなわち純粋に経験的な土台に根拠を置いた批判を受け入れることが出来るかどうかの問題である。

（ミン・イシクは我慢しきれずぱっと立ち上がり左手に行って、こぶしで壁を叩きながら大声で叫ぶ。）

イシク　お願いですからその泣き声を黙らせて下さい！

（赤ん坊の泣き声、息が絶えんばかりに一層いら立たしく泣く。）

イシク　一体何べんいえばおわかりなんですか？　喧《やかま》しくて仕事が出来ないじゃありませんか！　泣、か、せ、な、い、よ、う、た、の、み、ま、す、よ！

（彼は自分の神経がいら立っている態度に後悔の表情を浮かべる。そしてまた机に戻って翻訳した文章を読む。）

イシク　カール・マルクスの文学理論は因習打破を目的とする革命家の言葉というよりも古典文学に造詣の深い一八四〇年代の教養あるドイツ青年のような匂いが濃い。一般的に、マルクスの文学的判断の基準は経済決定論の基準であること、これは文学作品が経済的土台の様相を描写する問題に焦点を置かなければならないことである。『政治経済学批判』の序文で、カール・マルクスは経済的土台と文学の関係を次のように表現している。

（ありったけの声で、息が絶えんばかりに赤ん坊が泣き続ける。）

イシク　黙らせて下さいといってるじゃありませんか！　物質生活の生産様式が社会政治並びに知的生活の全部を決定しているのである！　全く気が狂ったみたいに泣き喚くんだからなあ。しかし、知的生活が生産様式を決定する観点から見れば（壁を叩いて）ど、う、か、し、ず、か、に、さ、せ、て、く、だ、さ、い、よ！

（舞台の左手から乳母車が現われる。ミン・イシクの老いたアボジとオモニがいら立たしく泣き続ける赤ん坊を乗せて押して出て来る。）

アボジ　どんなになだめても泣き止まんでなあ。

オモニ　抱いてやってもやってもだめ。お腹がすいてるのかと思って牛乳も飲ませたよ。それでも泣き止まないよ。
イシク　どんな牛乳を飲ませたんで？
オモニ　どんな牛乳かって、お湯に粉ミルクをといて飲ませたんだよ。
イシク　オモニ、泣き止まない時には冷蔵庫の中の私の作った牛乳を飲ませて下さいといったじゃありませんか！
アボジ　それは私が飲ませちゃならんといったのだ。
イシク　なぜですか？　それを飲ませればすぐ眠るのに？
アボジ　眠るには眠るだろうよ。だが睡眠剤の入っているものを赤ん坊には飲ませられないよ。（乳母車をイシクの前に押して来て）この子を見てごらんよ。お前は自分の子が可哀相だとは思わないのかね？
イシク　一体、なぜ泣いてばかりいるのかわかりませんよ！（打ちあがった用紙を覗いて）どこまでだったか……経済土台の変化とともに……上部構造全体が……変化するのである……すなわちこのように物質第一主義に対する信念を主張しながら、同時に物質的な状況を変化させる……（アボジとオモニがじっとみつめていることを意識しながら）どうにかして、その子を泣き止ませて下さい。
アボジ　ところでお前はなぜ一度も子供をあやしてあげないのだ？
イシク　すみません、お父さん。（机の上のタイプライターをさして）だけど私がとても忙しいのをご存じでしょう？
アボジ　それは何の仕事なんだい？

イシク　ドイツ語で書かれた本を翻訳してるんです。（説明しようとしたが止めて）もっともお父さんとは関係ないことでしょうが。
アボジ　（硬直した表情で）むろん私には関係ないことだろう。ここにいるお前の母さんとお前の子供にも関係ないことだろうし！
オモニ　（アボジに）ねえ、子供を連れて外へ出ましょうよ。
アボジ　（乳母車を押して外へ出ようとしながら）やっとわかったよ。お前の女房がなぜ家を出て行ったか……
イシク　待って下さいよ。何か誤解されているようですが？
アボジ　いや、誤解なんかしていない。
イシク　私の女房が、家出をしたこともそうですが、まるで私に大きな間違いがあるのだとお思いでしたらそれは誤解です。正直にいいますと私の女房、いや彼女は正常ではありません。一体、生きることに何の意味があるのか、そのような質問を一日に何十回となくするもんだから我慢できませんでした。
アボジ　それで無理やり睡眠剤を飲ませたというのかね？
イシク　お父さんは彼女の肩を持つんですね！
アボジ　わしはどっちの肩を持つというんじゃない。ただ、わしがいいたいことは、お前の女房も長い間苦しんだあげく家を出て行く方を選んだのだろうということだ。
イシク　彼女は苦しまなかったですよ！　長い間苦しんでしたことでもありません。いきなり着のみ着のままで幼い子供と私をほったらかして出て行ってしまったのですよ！　それでも人々は私だけを悪者にするんです。全くあきれますよ！　被害者は私なのに、かえってみんなは彼女に同情しているんです。私は死にたいぐらいですよ。爪先から頭のてっぺんまで、一人で苦痛をひっ被っているんですからね。

（電話が鳴る。イシクは不満そうな態度で受話器をとる。）

イシク　何……何だって？　来ないでくれ！

オモニ　誰だい？　お前の女房だったらすぐ戻るようにいいなさい。

イシク　どんな用事か知らないけどさ、俺に会いに来ることないよ！　まったく、俺は今仕事中なんだよ。のんびりお前と会ってるひまなんかないんだよ！　じゃ、切るよ！（受話器のコードを抜いてしまって）友達ですよ。会いに来るというから断ったんです。

アボジ　お前はなぜひとを理解しようとしないんだい？（訴える語調になる。）女房が家を出て行ったから子供をちょっと見てくれという手紙をもらってわしらは急いで田舎から出て来た。ところが来てみれば何なのだ？　お前は仕事に夢中で全く自分の女房を探そうともしない。今、田舎ではどんなかわかるか。雨が一滴も降らないので田や畑は赤く渇れてしまい、家畜は喉を嗄《か》らして啼いているんだ。一日も早くわしらは田舎へ戻らなければならんのだ。井戸を掘って水を汲み上げ、生きかえらさなければならないのだ。

イシク　わかっております。お父さん、もう幾日かだけ待って下さい。

オモニ　（乳母車を玄関の方へ押して出て行きながら）もう何日かだけ、何日かだけ、お前は口癖のようにそればっかり。私たちの胸のうちも考えておくれよ！

イシク　どこへお出かけになるんですか？

オモニ　赤ん坊もいらいらして泣いてばかりいる。少し外の空気でも吸わせて戻って来るよ。

イシク　（乳母車を押して出て行く両親に済まないと思いながら）遠くへ行かないですぐ戻って来て下さいよ。

（乳母車を押してアボジとオモニは退場する。イシクは机に座って翻訳作業を続ける。時折辞書を引きながら、翻訳した文章を打つ。間。打ち上がった用紙を抜き読みする。）

イシク　フリードリッヒ・エンゲルスはマルクス主義の文学理論に二つの重要な理論を寄与した。彼は一八八五年にミーナ・カウツキーが『古いものと新しいもの』という小説を発表した時、著者に自身の見解を書いた手紙を送ったことがあった。この手紙でエンゲルスは二つの問題を扱っている。一つは、文学と政治行為ないし傾向性との相互関係だった。エンゲルスはミーナ・カウツキーがその作品で見せてくれたあまりにもあからさまな政治傾向に不賛成を表示した。エンゲルスの主張は、傾向性の意図は状況と行動の中で穏やかでなければならず、直接説明してはならないというのであった。「作家は彼自身主張する社会的闘争に対する歴史的で未来的な解決を提示しなければならない義務はない」これがエンゲルスの見解だったのである。（玄関のベルの音が聞こえる。）また泣いてるな！　なんとか静かにさせて下さい！　このような点から、我々は文学があまりにも政治的傾向を帯びる態度に関するエンゲルスの反対的な見解がマルクス主義の文学理論のもう一つの矛盾の源泉になっていることを知る。（呼び鈴のかわりにげんこつで門を叩く音が繰り返される。）よし、今、泣き止ましてやるから！

スヌン　（扉の外で叫ぶ。）俺だ、俺！

イシク　（扉を叩いているのを知って）誰ですか？

スヌン　（扉を開けて入って来る。かなり興奮している様子である。）なあ、俺は首を切られた！
イシク　鍵がかかっていなかったんだな……
スヌン　こんなことになるんじゃないかと思ってはいたけれど、俺をやめさせるのにあんな無慈悲な手を使うなんて知らなかったよ！
イシク　（冷たい態度で）私のじゃまをしないでくれ、今週末までにこの本を翻訳しなければならないんだ。
スヌン　俺には本当の友達といえばお前だけなんだ！　なのに電話をすれば切られてしまうし、このように訪ねて来れば無視されるなんてうらめしいよ！
イシク　一体どんなふうにしてお前の首を切ったんだい？
スヌン　今朝出勤したら編集長が俺を呼んだんだ。そして深刻な表情で俺の年を聞くんだよ。俺は四十一歳だと答えたさ。そしたら雑誌社に勤務するにはちょっと年をとり過ぎているんだとさ。そのうえ雑誌社の月給は薄給だから老後の対策もたてがてらもっとましな職場を探したら、だとさ。
イシク　なるほどかなり人間的な解雇のように聞こえるけど？
スヌン　いや！　俺の年を十歳ほど若くいっても、俺の首を切ったことだろうさ！
イシク　いずれにしろそいつはお前を追い出すつもりだったんだな？
スヌン　もちろんだとも！　問題は俺がその編集長とひどくいい合ったからなんだ。その阿呆ったれな編集長は文学というものを知らない！　文学というものは無条件に苦痛を受けている人々の話を小説や詩で書くことである、といわれているが、真の文学はそんなものではない！
イシク　（机の引き出しから小さな薬瓶を取り出す。そして錠剤を数粒出してスヌンに差し出す。）これを飲めよ。

スヌン　（錠剤を手のひらに受け取って）これ、何だね？

イシク　ユートピア。

スヌン　ユートピア……？

イシク　睡眠剤の名にしては洒落てるだろう！

スヌン　睡眠剤を俺に飲めというのか！

イシク　そうだ。お前は今すごく興奮しているが、少し落ち着いた方がいいよ。

スヌン　それで……お前は俺に飲ませようとしてこんな薬まで用意していたんだな？

イシク　まさかそんな準備をあらかじめするはずがないじゃないか？

スヌン　俺は飲みたくない！

イシク　（警告するように）なあ、俺はお前の唯一人の友達だろう。俺も友達といえばお前一人だ。さあ、そのユートピアを飲め。お前がそれを飲まなければ俺達の関係もおしまいかもしれないよ。

スヌン　（仕方なく）それならば……仕方ないな。

イシク　小さな丸薬だ。さあ、口に入れるんだ。

スヌン　五つも飲むのかい？　水をくれよ。

イシク　水なんかなくたって喉を通るよ。

スヌン　（顔をしかめて睡眠剤を一粒ずつ飲みながら）お前は本当に冷たい奴だな！

イシク　何で一粒ずつ飲むんだ？

スヌン　もっとはっきりいえば冷血動物だ！

イシク　五粒いっぺんに飲め、そうすれば効果が出るんだ！
スヌン　お前の奥さんがなぜ家を出て行ったかわかるような気がするよ。
イシク　中傷はいいかげんにしてくれ、頼むから。
スヌン　じゃあ、今俺の気分で何をいえというんだ？
イシク　お前は十分以内に眠くなるだろう。（ソファをさして）ここに横になれよ。眠るには丁度いいだろう。
スヌン　（ソファに横になる。）うん、悪くないな。ところで十分間こうしてきょとんと目を開けておれということか？
イシク　では、いいたいことがあればいえ。ただし、俺の中傷はよしてくれ。お前は文学雑誌の編集の仕事をやって来たんだから、最近の文学状況がどんなふうになってきているかそれでも話してくれないか。
スヌン　お前は小説や詩をかなりたくさん読んでいるはずじゃないか？
イシク　いいや、そうではない。俺はこの十年間ただの一冊の小説も読めなかった。
スヌン　（衝撃を受けた表情で上半身を起こしながら）何だって？　ほんとかい？
イシク　外国のものはかなり読んだ。仕事で翻訳しなければならなかったからね。（本棚をさして）あそこに差し込んである本、みな俺が翻訳したものだ。あれこれ手当たり次第に翻訳してきたからこそ、家賃も払え、冷蔵庫の月賦も払って、食べて暮らして来られたんだよ。けれどお前のような文学の専門家達がいるから、この機会に過去十年間のわが国の文学を要約して聞かせてくれ。
スヌン　あきれたな！　十年間を十分間で話してくれだって？

イシク　そういうこと。その睡眠剤の効力はとても正確だ。
スヌン　(寝そべって)いっそ俺は黙るよ。
イシク　いい考えだ。そうすると私の邪魔にもならないし。
スヌン　(ぱっと起きて)この冷血動物！　俺はやるよ！　じゃあ、始めるからな。
イシク　(腕時計を見せて)もう五分しかないけど？
スヌン　(すごく早口で)どっちにせよ聞こうが聞くまいが話すぞ、過去十年間のわが国の文学を要約すれば次のようである！　それは急速に産業社会になって起きた問題点、貧富の格差だとか労使間の葛藤、社会の不条理が暴かれ、その底辺で抑圧を受けている疎外階層を曝《さら》け出し、彼らが持つべき人間的な権利を保護しようとするところに特徴がある。けれども間違いなくそのような文学は社会的矛盾と疎外階層を極端に強調することで、持てるものと持たざる者、支配者と被支配者、従順になろうとする者と抵抗しようとする者との二つの方向にくっきりと分けたという否定的な面もあるのだ。
イシク　あまり早口でよく聞き取れないよ。
スヌン　よし。少しゆっくり話そう！　この十年間我々の社会はどちらか一方を極端に味方してきた。文学が、疎外されて抑圧された人々を味方にしたならば、経済は金持ちの味方を、政治は権力者の味方をしてきた。だから現実においては金持ちや権力を持っている人々は人間的に極めて情けない不当な扱いを受けることになった。
イシク　可哀相に、我々の社会がそのように両方に分かれるようになったということか。
スヌン　問題はお前のような冷血動物だよ！　自分とは何の関係もないというように、腕組みをしたまま眺めてばかりいるから事態が一層悪化しているのさ。
イシク　では、お前の意見は何だね？　金と権力を持っている人々を小説に登場させ、とてもいい人間に描写することが文学の新しい使命だ、そんな主張なのかい？
スヌン　俺の主張はこうだ。こっちでなければあっちという極端な思考方式が俺は嫌いなのだ！　そのような思考方式を持っている代表的人物が誰か知っているかい？　俺を首にした編集長だよ！　あの阿呆みたいな編集長の頭の中は黒白論理しか入っていないんだ。だから雑誌に必ず掲載しなければならない価値のある作品でもその作品の登場人物が疎外された階層でなければごみ箱に投げ捨てるのさ。俺は我慢がならずに抗議したんだ！　本当の文学とはそのどちらか一方のためにあるのではないから偏《かたよ》ったことをしてはいけないんだ。そしたらその阿呆な編集長は俺に年とったというんだ！　判断力が鈍って来たとかいって、俺を完全に老いぼれ扱いさ！
イシク　そう興奮するなよ。
スヌン　これが興奮しないでいられるか？　四十一なら働き盛りだろうが、あの阿呆野郎は俺を首にしやがったんだ！
イシク　お前はもう眠っている時分だ。
スヌン　まだはっきりしてるんだが？
イシク　横になっているがいい。しっかりしていると思っているうちに殴られたみたいにぶっ倒れて眠るよ。
スヌン　（急に首筋をなでながら）アイゴ……ほんとだ！
イシク　さあ横になりな。

スヌン　（ソファの上に横たわる）今眠ってはならないんだが……お前をなぜ訪ねて来たかその理由を話していないじゃないか？
イシク　ぐっすり眠ってから話しな。
スヌン　いいや。実はそこから話さなきゃいけなかったんだ。（上半身をおこしながら）俺は新しい文学雑誌を創刊したい。俺を助けてくれるだろう！
イシク　雑誌を創刊したいだって？　そんなことしようとしたらとてつもない金がかかるだろう……
スヌン　お前に金を出せとはいわないよ。お前は長いこと翻訳の仕事をしてきたんだから色々な出版社と繋がりがあるだろう。その中で金のある出版社を俺に紹介してくれればいいんだ。
イシク　俺にはそんな時間はない。お前が直接行ってあたってみな。
スヌン　いずれにしろ俺はお前だけが頼りで訪ねて来たんだ。アイゴ、また殴られたみたいだよ！（寝そべって）それから俺は当分の間ここに泊めてもらうよ。俺はやもめなんだ。家を出て行ったお前の奥さんに代わって俺が食事も作ってあげ、洗濯もしてあげ、掃除もしてあげる。
イシク　よせよ、そんな必要ないよ！　田舎から両親が出て来ているから……（寝入ったスヌンをゆすって）おい、そんな必要はないという俺のいったことが聞こえるのか？　もう眠ってしまったな！
（イシクは眠ったスヌンの所から後退《じさ》りして来て机に向いタイプライターの前に座る。疲れていらいらしている模様。彼はタイプライターに新しい紙を挟み込んで、翻訳しなければならない本を睨みつける。そしてうるさくタイプライターを叩く。間。打ち込んだ文章を声に出して読む。）
イシク　マルクスと同じくレーニンも偉大な芸術作品を革命とどのように調和させるかという問題の

ために大変苦労した。一九〇八年と一九一一年の間にレーニンはレオ・トルストイの八〇回の誕生日とその死について五つの論文を発表した。レーニンはトルストイの作品を世界文学史の最も偉大な業績として評価しつつも、一方ではトルストイの世界観を家父長的傾向の純真な農夫の見解と酷評した。レーニンはトルストイの博愛主義が与える政治的影響を憂慮していた。そういいながらも文学的立場ではトルストイの作品に永遠の価値を与えているのである。このような相互矛盾に対してレーニンはこのように主張している。「トルストイの思想は今日の労働者運動と社会主義という立場から評価されなければならない」続いてこれには二つのそれぞれ違った尺度が適用されることを明らかにしている。すなわち、歴史主義的標準を適用してトルストイの文学的偉大さを評価し、政治的標準を適用して社会的背景から彼の作品を判断するのである。この二つの尺度の間に起きる矛盾は弁証法的解決を要求している。ある特殊な政治的条件のもとでは最初の基準が二番目の基準より一層強調されねばならず、また違った状況のもとでは二番目の基準が最初の基準より一層強調されねばならないのである……

（両親、深刻な表情で乳母車を押しながら入って来る。赤ん坊が相変わらずひいひい泣いている。）

アボジ　（机の前に乳母車をからからと押して来て）お前はもう知っていたのかい？

イシク　……何をですか？

アボジ　（赤ん坊をさして）この子のことだよ。目も見えず、耳も聞こえない。

オモニ　外へ連れて行ったんだが何かおかしいんだよ。通り過ぎる人々を見ても、車の音を聞いても、何の反応もないんだよ。

アボジ　（指を赤ん坊の目の前で振って）これを見てごらん。目の前で指を振ってみても全く反応がないだろう？
イシク　知っておりました。医者がいってましたからね。妊婦が妊娠中に睡眠剤を飲んだその副作用のせいだと。
オモニ　（乳母車にかがみこんで赤ん坊を抱き抱える。）おお、可哀相に！
イシク　冷蔵庫の中の牛乳を飲ませて下さい。
オモニ　この哀れな子にまた睡眠剤の混じったものを飲ませろというのかい？
アボジ　お前に任せておいたんでは子供は到底生きることはできないようだ！
オモニ　早くお前の嫁を探すようにしな。私らはね、乳母車を押して橋を越えたところの雑貨屋まで行ったんだが、店の主人が今日の朝お前の女房を見かけたんだとさ。いつも泣いてばかりいる赤ん坊をしっかりと抱いて来ているのに今日は一人で来たのでどうしたんだと思って聞いてみたんだけど、何も答えないでラーメンを幾つか買って帰って行ったそうだよ。子供のことを思って遠くへは行けないでこの近所にいるようだけど。どうなの？　お前が直接出掛けて探して見るつもりはないのかい？
イシク　（タイプライターを叩きながら）彼女は私を恨んでいます。自分に無理やり睡眠剤を飲ませてこのようなことになったと。だから絶対家には戻って来ないでしょう。
アボジ　（ソファに寝ているアン・スヌンを指さして）あの人は誰だい？　さっきからじっと寝ているみたいだが。
イシク　ユートピアを飲ませたんです。
アボジ　ユートピアを飲ませた？

イシク　眠くなる薬です。たぶん今頃夢の中で新しい文学雑誌を創刊していることでしょう。（タイプから打ち間違えた紙を抜き出して）お母さん、どうかその子を黙らせて下さい。もう一度外へ連れ出すか、冷蔵庫の中の牛乳を飲ませるかして下さい。まったく息が絶えるみたいに泣くんだから、このいまいましい翻訳を間違えてばかりいるじゃありませんか！

アボジ　いつまでこうしているの？　日照りの畑はかさかさに渇き、喉の渇いた家畜は泣き喚いている……私たちの気持ちも考えてみておくれよ……

（イシクは答えない。口を固く閉じたまま、新しい紙をタイプライターに挟んで翻訳する本を覗き込んでうるさくタイプを打つ。アボジとオモニは泣き続ける赤ん坊を眺めてため息をつく。舞台、徐々に暗くなる。）

第二幕

一幕から何日か後、イシクは翻訳作業を続けている。机の上のタイプライターの横にうず高く積まれている打ち終わった紙を見ると翻訳作業は相当に進んだことがわかる。舞台左側から喧しい騒音が聞こえてくる。スヌンが籠に洗濯物を入れて入って来る。

イシク （顔をしかめて）うるさくて我慢ならん！

スヌン 洗濯するんで電気洗濯機をまわしているんだよ。かなり旧式のものだな。どうしてこうもうるさいのか俺も耳を塞いでいなければならないぐらいだよ。

イシク ほっといてくれ。ここは俺の家なんだよ。

スヌン もちろんお前の家だよ。だけど俺が泊まっているところでもある。

イシク 頼むから止めてくれないか！　子供が目を覚ますじゃないか、やっと眠ったようなのに。

スヌン 子供は病院へ行ったよ。だから泣き声が聞こえないんだよ。

イシク 病院へ行ったたって？

スヌン ゆうべだよ。どうしても入院させねばとお前のご両親が子供を連れて行かれたよ。

イシク 俺に断りもなしに……！

スヌン そうだな……お前にはいう必要がないと思っているようだよ。（室内の両側の壁に釘をうって洗濯紐を結ぶ。そして服をひろげ出す。）お前、腹がすいているんじゃないか？　朝飯を食べなよ。俺がうまい鍋を煮ておいたよ。

イシク　（続けてタイプライターを叩きながら）俺は何も食いたくない。

スヌン　わかった、わかったよ。ところでお前、ひどい匂いだ。その汚い服を脱いでくれないか？

イシク　俺のじゃまをしないでくれ！　今日中に翻訳を終えなければならないんだから！

（玄関のベルが鳴る。イシクは聞こえないふりをしてタイプライターを打つ。スヌン、洗濯物を干し終えて玄関に出て行く。）

スヌン　何のご用でしょうか？

外の人々　ここはミン・イシク先生のお宅ですね？

スヌン　そうですが……

外の人々　私たちは出版社から来ました。先生はいらっしゃいますか？

スヌン　さて……

イシク　開けてあげてくれ。

スヌン　（玄関を開けて）お入りくださいとのことです。

（出版社の若い発行人、彼の女秘書ミス・ホン、意気消沈した表情のために老けて見える編集長が入って来る。）

イシク　これはどうしてまた編集長まで直接私の家においでになられたんですか？

編集長　お変わりありませんでしたか？（発行人とミン・イシクを互いに紹介しながら）ご紹介しましょう。こちらは我々の出版社の発行人です。こちらは我々が翻訳をお願いしているミン先生です。

発行人　（握手を求めながら）編集長からミン先生のお話はよく伺っておりますが、直接お目にかかるのは初めてですね。
イシク　このようにお目にかかれて嬉しいです。
ミス・ホン　（イシクに）ご挨拶申し上げます。私は秘書をしているミス・ホンです。
イシク　ああ、初めまして。（訪問者に椅子を勧めながら）むさ苦しい所ですがお掛け下さい。
スヌン　お客さま方にコーヒーを入れてお持ちしましょうか？
イシク　うん、ありがとう！
スヌン　（台所の方へ退場する。）
イシク　（机の上に積まれている打ち上がった紙を揃えながら）何日間かぶっ通しで徹夜しましたよ。もうほとんど終わりました。最後が幾らか残っていますがこれも今日の午後までにはみんな終わるでしょう。
発行人　大変ご苦労さまでしたね。ですが、けさ早くに我々が来ましたのは……（編集長に）どうぞその理由を話してあげて下さい。
編集長　（ひどく困った表情をして）ちょっとうまくお話ししにくいんですが……我々の出版社は……先生の翻訳された原稿を本にすることができなくなりました。それで……了解を得ようとお伺いしたわけです。まことに申し訳ありません……
イシク　一体……何をおっしゃっているんでしょうか？
発行人　編集長のいいかたが不十分のようですね。私が直接説明いたしましょう。実はこうなのです。我々が先生に翻訳をお願いした時と今は状況が違ってきました。その時分はマルクス主義を批判する本は出版することができて、またよく売れもしたんですよ。そのような本を読むのは大概若い学生層ですが、彼らはそのような本を文字通り読まないで逆に解釈して読むという事実が発見されました。例えば「マルクス主義の文学理論は矛盾している」という文章があるとしましょう。それを彼らは「マルクス主義の文学理論は矛盾していない」このように逆に解釈して読むのですよ。ですから当局ではびっくりするでしょう。マルクス主義に汚染されないようにマルクス主義を批判する本を出版許可したことが、かえってこのように深刻な副作用を引き起こしていることに衝撃を受けているんです。このような事態の変化にわが出版社は緊急に対策会議を開きました。そして慎重に検討した末にそのような本は出版しないということに決定を下しました。

編集長　そうです……このような理由のため……何回も電話を差し上げたんですが、通話ができなかったんですよ……

イシク　邪魔されるのがいやで受話器のコードを抜いていたんですよ……いずれにしても翻訳はほとんど全部終わりました。今になって出版しないなんて私としては受け入れかねます！

発行人　先生のお気持ちはよくわかります。長いこと苦労して翻訳を終えたのに、それを出版しないといわれればひどく残念なことでしょう。しかしお気持を抑えて事態の変化を理解なさらなければなりません。特に、この間にマルクス主義の批判書をたくさん出した出版社は当局から睨まれるようになったんですよ。そんな時にまた再びこのような本を作って出したら出版社ばかりかその本を翻訳された先生まで本当のマルクス主義者として窮地に追い込まれる危険性があります。

イシク　その心配はないはずでしょう！　私はマルクス主義文学理論を批判した本をたまたま翻訳しました。そんな私が本物のマルクス主義者として窮地に追い込まれるというのですか？

発行人　そうなんです。読者たちがそのような本を逆に読んでいるならば翻訳者の本心はどうあれ、マルクス主義者として睨まれる可能性は幾らでもあるでしょう。ひょっとしたら先生はマルキシストですか？
イシク　とんでもありません！　私は違います！
発行人　それでしたら、いたずらに誤解を招くようなことはする必要がないじゃないですか？
（スヌン、お盆にコーヒーカップをのせて入って来て各々の前に置く。）
スヌン　カップがどこにあるやらわからなくて……台所中を探し回っていて遅くなりました。（イシクの前にカップを置いて、低い声で）どうかしたのか？　雰囲気が深刻のようだけど……？
イシク　お前には関係ない。
スヌン　ところでだが、あの人たちどこかで見たような……
イシク　関係ないといってるだろう！
スヌン　もしかして私を覚えていますでしょ？
編集長　そうですね……「文学世界」という雑誌にいらした方ではありませんか？
スヌン　その通りです！　私も思い出しましたよ！　去年の秋、出版協会のセミナーで会いましたでしょ？
編集長　「文学世界」はうまくいってますか？
スヌン　いいえ、完全におかしなプロパガンダ雑誌になってしまいました。それで私は手をひいて、今は新しい文学雑誌の創刊を計画しています。
イシク　（発行人に）これ以上お話ししたくありません。結論的には私が翻訳した原稿は出版していただかなくては困ります。そうしなければ私は翻訳料をいただけないんでしょ？　ここにいらっしゃる編集長は私たちの事情をよくご存じです。私は翻訳料以外には何の収入もない人間です。

発行人　失礼ですが、外国語は何カ国語ぐらいおできになりますか？

イシク　英語とドイツ語は原書を見ればただちにタイプできるほどの力はあります。フランス語も出来ますが若干辞書を引かねばならなくて、中国語とスペイン語は未熟ですが翻訳することはできます。

発行人　（笑いながら）結構です、そのくらいならば。実は私が先生のお宅を直接お訪ねしたのも、先生のその卓越した外国語の実力のためなのです。（秘書に）準備してきたその本をお見せしなさい。

ミス・ホン　はい。（かなり大きな包みを解いて何種類かの本を見せる。）

イシク　これはなんですか？

ミス・ホン　世界各国の恋愛小説です。

発行人　先生は恋愛小説はよく読まれるんでしょ？

イシク　いいえ、思春期以後全く読まなくなりました。

発行人　恋愛小説だといって軽んじてはいけません！　シェイクスピアのかの有名な「ロミオとジュリエット」、ゲーテの「若きウェルテルの悩み」もいってみれば恋愛小説ではありませんか！（積んである本をさして）これらは特別に外国のいろいろな書店に依頼して取り寄せた本で、世界各国の代表的な恋愛小説です。（誇らしげに）これは私の独創的なアイデアです！　世界各国の恋愛小説を翻訳して百巻ほどの大全集を作るのです。この恋愛小説大全集が出版されれば、それこそ爆発的なベストセラーになるでしょう！

編集長　（発行人の主張に抵抗感を感じて顔の表情が一層沈鬱になって）そうですね……爆発的な……ベストセラーになることができるかは……それにこのような時期に恋愛小説だとは……

発行人　この編集長は感覚が鈍い。だから私のアイデアをいくら説明してあげても理解することができません。しかし先生はすぐ理解されることでしょう。ですから世界各国の恋愛小説を翻訳して各巻ごとにこのようなタイトルを付けるんです。「アメリカ人の愛」「イギリス人の愛」「フランス人の愛」「ドイツ人の愛」「ロシア人の愛」「トルコ人の愛」「エジプト人の愛」「ブラジル人の愛」「インド人の愛」「中国人の愛」……こんなふうにですよ！

スヌン　ええ、面白いアイデアですね！　この恋愛小説大全集はベストセラーになって途方も無いお金を儲けられることは確実です。

発行人　まさにそれですよ！　やはり出版の経験のある人は、私のアイデアがどんなに素晴らしいものかわかりますね！

スヌン　（発行人に近付いて）ところで、恋愛小説大全集よりもっと良いアイデアがあればどうなさいますか？

発行人　あ……もっと良いことがあるというの？

スヌン　純粋な文学雑誌を創刊してご覧なさい！　お金こそ恋愛小説大全集より稼げないかも知れませんが、それこそ真にやりがいのある仕事なんですよ！

発行人　文学雑誌……考えて見ることもできるが……

スヌン　私にその文学雑誌の編集責任を任せて下さい！　私はその方面に長い経験があり、最も素晴らしい適任者です。（イシクに）お前が俺を詳しく紹介してくれよ！　この方が新しい文学雑誌に関心を見せておられる！

ミス・ホン　今はそんな時間はございません。今すぐ大事な会合のためライオンズホテルに行かねばならないんですよ。

発行人　（立ち上って）そうだ、今朝は時間がありません。文学雑誌の問題は……そうだな……後で別に機会を見て相談しましょう。

スヌン　いつですか？　いつ機会をいただけますでしょうか？

発行人　秘書室のミス・ホンに連絡して下さい。（イシクに）先生の件は話を決めていきましょう。恋愛小説大全集はとても急いでいます。先生は翻訳を引き受けて下さる意向はおありでしょうか？

イシク　私がこの本を全部翻訳するのでしょうか？

発行人　いいえ、翻訳可能なものを選んで下さい。残ったものはまた他の人にやってもらい、それで大勢の人で一度にやっていただき至急終了させ一斉に刊行するつもりです。

イシク　仕事ができてありがたいことですが、あらかじめ前払い金を頂くことができるでしょうか？

発行人　ある程度は前払い金を差し上げる用意はしてあります。（女秘書に）さあ、行こう。後のことは編集長に任せることにして。

ミス・ホン　私が残ったことを処理していってはいけませんか？

発行人　編集長に任せればいいじゃないか？

ミス・ホン　編集長は今回の仕事に関心がありません。

編集長　いつ……私が……関心がなかったですか？

ミス・ホン　恋愛小説大全集はなんというか、わが出版社の体面を傷つけるのではないかと内心は反対なのではありませんか？

編集長　（顔面蒼白になって）こんなことが……世の中に……

発行人　編集長、私と一緒に行きましょう！（イシクに）私の秘書と相談して下さい。うまくやってくれるでしょう。

（発行人と編集長、玄関の方に退場する。門の外で車の出て行く音が聞こえる。イシクは机に行って引き出しをあけ睡眠剤のビンを取り出す。ミス・ホンはスヌンを眺めて笑う。）

スヌン　何がおかしくてそんなに笑うんですか？

ミス・ホン　おかしくないですか！　まるで茫然自失の表情でいらっしゃるじゃありませんか！

イシク　（スヌンに）お前、ユートピアを飲むかい？

スヌン　いや、お前が飲めよ！（ミス・ホンに）私にはまたとないチャンスだったのに……あなたにお話ししたって何にもならないでしょう。

ミス・ホン　私に話すのはためになりますよ。わが発行人は他人の話は聞きません。数千の人々が一度にどっと集まって来て叫んでも首を縦に振らない人です。けれど私が耳元で柔らかく囁く声、その声には効き目があるんですよ。

スヌン　それは驚いたことで……

イシク　（睡眠剤の粒を机の上に一列にずらっと並べてざっと数える）ひい、ふぅ、みぃ、よう、いつ、むぅ、なな。

スヌン　お前、それ全部飲むつもりかい？

イシク　（睡眠剤を口の中に入れて飲み込む）やりきれなくて我慢できない時はこれぐらい飲まないと

眠れないんだ。(ミス・ホンに)とにかく、眠る前に残った仕事を片付けましょう。正直いって、私は家賃も支払わなければならないし、ローンも支払わなければならないし、子供は病気だし、いろいろとお金が必要なんです。それで、前払い金はいくら頂けますか?

ミス・ホン　いくらになるかは翻訳される本の冊数にかかっております。(積んである本を指さして)先生が翻訳可能な本を選んでみて下さい。

イシク　(積んである本の中から七冊選び出して)これくらいはできるでしょう。

ミス・ホン　欲ばりですね。

イシク　(本を開いてざっと目を通す。)内容も特別なことはないし……このくらいやさしければ五日に一冊ずつ仕上げられるでしょう。一カ月以内にこの本を全部翻訳して渡すという条件で前払い金はいくら頂けますか?

ミス・ホン　三分の一の翻訳料を先払いいたしましょう。(カバンから小切手と契約書を取り出して)この契約書に署名をして下さい。

イシク　ありがとう。(契約書に署名して、小切手を受け取る。)では一カ月後にお会いしましょう。(ソファに横になって)では、気をつけて。

ミス・ホン　私の仕事はまだ終わっていません。

イシク　(ソファに横になって)他にも何か残っているというのですか?

ミス・ホン　先生は眠ければお休み下さい。(スヌンに近付いて)私はこの方と残った仕事をやります。

スヌン　ああ、文学雑誌創刊の問題ですね!

ミス・ホン　まず身元からお聞きいたしましょう。始めに、先生はどんな方でいらっしゃいますか?

スヌン　（緊張した表情になって）私……
ミス・ホン　ここに横になっている方とはどんな関係ですか？
スヌン　関係……
ミス・ホン　あまり緊張なさることはありません。ありのままを話されればいいのです。一体先生はこの家で何をされる方です？
スヌン　これは何と答えればよいやら……（イシクの方に向かって）なあ、俺って何者だ？
イシク　お前が何者とは何だい？　新しい文学雑誌の編集責任を引き受けたがってやきもきしている人間だ。
スヌン　そう、それがまさに私なのです！
ミス・ホン　あの方とはどんな間柄ですか？　兄弟？　親戚？　友達？
スヌン　私たちは友人です。
ミス・ホン　ところで、私が入って来る時みたら、洗濯もして、お茶もわかしておられたんですが？
スヌン　私が当分の間あの友人の世話になっているからです。なぜ、それが問題になりますか？
ミス・ホン　この家には女の人は居ませんの？
スヌン　私の友人の奥さんがおります。けれど家を出て行ってしまったから居ないといった方が正しいでしょうね。
ミス・ホン　お二人以外、誰か他にこの家にいますか？
スヌン　子供がおりますが、今は病院に行っていません。
ミス・ホン　この家は他人がしょっちゅう出入りするのですか？

スヌン　誰も出入りする人はおりません。田舎から上京されているご両親がいることはいますが、たぶん入院した子供のめんどうを見るために家に来られたのでしょう。いずれにしろ、私の友人はこの世の中で最悪の利己主義者のために人は訪ねて来ません。
ミス・ホン　私の思ったとおりですね。私は入って来た時から家の中の雰囲気を観察していたんですよ。何か一杯詰まって淀んでいる、鬱陶しい感じをうけたんです。
スヌン　よくわかりましたね。まさにそうです！（イシクに）お前、聞いてるかい？　みんなお前の性格のせいだぞ！
イシク　静かにしろ。俺はいま殴り倒されるのを待っているんじゃないか。
ミス・ホン　殴り倒されるって何ですか？
スヌン　睡眠剤の効果がどれほど強烈か、殴り倒されるみたいだということです。
ミス・ホン　（イシクに近付いて）では、眠る前に私の話を聞いて下さい。私はここの雰囲気が気にいりました。なぜかといいますとね、当分の間ここに居させて欲しい人たちがいるからなのです。
イシク　（上半身を起こして）一体それはどういうことですか？
ミス・ホン　私が連れて来る人達は学生達です。
スヌン　可哀相な苦学生のようですね。
ミス・ホン　いいえ、彼らはみんな裕福な家の子供たちです。
イシク　裕福な家の子供たちをなぜ私の家に連れて来るのですか？
ミス・ホン　もう少しはっきり申し上げると、彼らを匿《かくま》っていただきたいのです。彼らは自分の身分を隠して、我々の出版社の直営の印刷所に入って来てストライキを企てているんです。

スヌン　ああ、わかりました！　近ごろはやっている若い学生たちの労働運動のようですね！
ミス・ホン　ええ、彼らは裕福な家に生まれたことを恥ずかしがっているのです。昔では優越感というのでしょうか、心ゆくまで誇っても良かった裕福な家の生まれということが、今は貧しくて抑圧されている人たちをもりたてて立ち上らせるから、照れ臭い罪の意識を持つようになったのです。そのせいか彼らは金持ちのお坊ちゃんという自分の身分を隠して、あえて労働条件の良くない我々の印刷所に入って来て秘密の組織を作って貧しい勤労者たちのために闘争しているのです。
イシク　（冷淡な態度で再び椅子に寝そべって）私はそんなことに全く関心がありません。私の考えではですね、彼らは本当の労働が何か、本当の貧しさがどんなものか知りません。ただちょっとの間貧しい人たちのために闘争というものをしてみて、失敗すると再び平安な金持ちの坊っちゃんに戻るということです。
ミス・ホン　むろんそうなるでしょう。結局はいつも被害を受けるのは貧しい人達です。しかし我々の出版社の印刷所の工員達はただひたすらストライキに希望をかけているんですよ。何日か前、その若い学生達、いやストライキの首謀者たちが大胆に発行者秘書室の私を訪ねて来ました。彼らは私が自分たちの味方だと信じてお願いするといってストライキに必要な作業をしなければならないからそのような安全な場所を探してくれというんですよ。私はここが丁度誂《あつら》え向きだと思い当りました。（寝そべっているイシクに）先生、私の頼みを聞いて下さるでしょ？
イシク　ああ、ついに来た！（スヌンに）おい、どうかこの女性はお前が引き受けてくれ！
スヌン　ああ、お前はユートピアでも楽しんでおれ。（ミス・ホンの腕をとってイシクから離れた木の椅子に行って座らせる。）ところで、私は驚きましたよ。発行人の秘書といえばそのような事実を告げ口するものと思っておりましたが、むしろストライキを助けてあげるとは……

ミス・ホン　私は幼い時印刷所で働いていたんですよ。一日中日のさすことのない所で鉛でこしらえた活字を引き抜く文選工だったんです。その時分にもストライキがしょっちゅうありました。私はその度ごとに密告者の役割をしていたのですよ。偉い方の所へ行って告げ口をすれば、その方は何もいわないで財布からお金を出して私にくれました。左の目だったか……右の目だったか……片方の目がなくて、灰色のガラス玉で作った義眼をはめた方でした。ある日のことでした。ストライキの起きた日の夕方でしたが、首謀者はだれだれだと告げ口をしてお金を受け取る時見たら……何の感情も表われないその灰色の瞳孔がぞっとするほど恐ろしく感じられました。それから私はお金をもらわないで逃げるように外へ出たんです。その方は私を呼び止めて聞いたんですよ。なぜお金を受け取らないかと……私は何にも答えずにただ泣きました。始めは恐くて泣いていたのが後にはとても悲しい啜り泣きになりました……そのようなことがあった後、その方は私を哀れに思ったのか印刷所の仕事をやめさせて、学校へ通わせて下さったのです。いずれにせよ、とてもありがたい方なのです。大学まで私を通わせて下さったのですから。ところが、卒業が近い頃、学校の寄宿舎に知らせが来ました。その方が亡くなられたというのです。私は幼い時通った印刷所に訪ねて行きました。そうしたら小さかった印刷所は見違えるほど大きな規模に変わっていて、出版社まで構えていたんですよ。私は発行人室に入って行きました……後を継いだその方の息子が一人椅子に座っておりました。私はたどたどしく私が訪ねて来た理由を話して、その方のご恩を忘れられないといったんです……その息子は意地悪い表情でいいました。その恩を私に返してくれないか……私はお返しするといいました。彼は椅子から立ち上がり私に近づいて来ました。そして私の服のボタンをはずすと……床に倒しました。倒されて……窓越しに……ガラス玉のような無表情な灰色の曇った空を眺めていたのです。ことをおえた彼が……罪意識の全くない語調でいったんです。美しい体だね、私の秘書として使おう……もうすべてのことは見当がつくでしょう。その日から私は徹底して彼に奉仕しなければならなくなったのです。彼は私を自分の思いのままに扱ってきました。愛というものなど全くないこのような関係……私はそれを憎みます！　それで私は彼を相手にストを起こしている、生半可だけれども罪意識を持っている若い学生たちを助けたいのです！　今夜、私は彼らをここへ連れてまいります。どうかお願いします、先生が彼らをお世話して下さい。

スヌン　そうですね……難しい問題だけど……

ミス・ホン　なぜですか？　先生は彼らがここに来るがいやなのですか？

スヌン　私は生理的に……ストライキとか闘争のようなことは嫌いなのです。ですから私が関心を持っているのは彼らではなくあなたです。灰色のガラス玉の目……恐ろしさに啜り泣いていたあなた……そして葬式の日訪ねて行った時……あなたが経験したこと……そのような話が私の胸をつくのです。本当に、あなたのためならば私も何かしてあげたいですね。しかしあなたが頼むその若い人たち、ストを起こそうとしている彼らのことならば気が進みません。むしろ私の考えでは現実が暗澹として残酷になるほどあせらずに問題を改善していかねばならないと思うのです。性急な闘争で問題を解決しようとすることはかえって副作用だけが大きくなるでしょう。ところが近ごろではどうなっているのか闘争で大声で叫べば拍手を受け、和解を主張すれば馬鹿扱いされるんだ。私は実際そんな目にあいました！　十年以上も働いてきた文学雑誌がとても扇動的になってきたのでそれではいけないといったら首を切るというんですよ！　ほんとうにけちなことだ！　私が新しい文学雑誌の編集を引き受けることができれば、私は人間相互の信頼と愛が最も重要だということを主張します。ただそれのみが我々の現実問題を解決することのできる方法だということをすべての人々に強く訴えます！

ミス・ホン　信頼とか愛とかいう言葉……人の心を感動させますね。いいです、先生。私がどんな愛敬を振り撒いてでも発行人の機嫌をとって先生のその願いをかなえてさし上げるようにいたしましょう。

スヌン　ありがたいですね。しかしあなたは発行人を憎んでいたのでは……

ミス・ホン　憎んでいる人にどうして愛敬を振り撒けるかって、そうおっしゃるんですか？

スヌン　どうもとんでもないことをさせるみたいで。

ミス・ホン　いいえ、私が先生の言葉に共感したためです。私は先生のためならばそれしきの愛敬ばかりか命を投げ出しても後悔することはありません。（微笑をうかべ手をのばしてスヌンの肩の上に手をのせて）先生も同じでしょう。先生が私を愛して信頼するならば、私のためにどんなことでもなさるんじゃありませんか？

スヌン　（当惑した表情で）もちろんですよ、我々が互いに理解し愛しあっているならばですが。しかし我々はまだそんな間柄じゃないじゃありませんか？

ミス・ホン　先生、私を一度抱いてみて下さい。お互いに暖かい感情が通っているか知りたいですね。

スヌン　私はそのようなことは……ええ、なんといったらいいか……

ミス・ホン　では私が抱いてあげましょう。（スヌンを椅子に座らせ胸に彼を抱く。）気を楽にして。そして自然に、自分の感情にまかせるのです。（当惑していたスヌンはじっと抱かれたままでいる。）そうです。暖かい体温が感じられるでしょう。すべての悲しみを慰めてくれ、積もった恨《ハン》を解き放ち、人間的な暖かさがにじみ出て互いの体と心を包んでくれるのを感じるでしょう。しかしあの人、発行人とはそれを感じることはできません。かえってその人の手が私の体に触れると私の体は硬張《こわば》ってしまうのです。石のように、氷のように……非常に冷たく硬張るばかりです。

スヌン　（憐愍《れんびん》の情を感じてミス・ホンを抱き締める。）

ミス・ホン　今夜、私はその人と闘おうとしている若者を連れて来ます。先生が彼らを助けてやって下さい。

スヌン　あなたのためでしたら……

ミス・ホン　いいえ、私たち互いの信頼と愛のためです。

（イシクの妻、玄関の戸を音もなく開けて入って来る。彼女はスヌンとミス・ホンが抱き合っているのを全く予想できなかったので慌てた表情になる。）

妻　あら……ごめんなさい。

スヌン　（やはり慌ててミス・ホンから離れて立ち上がって）こんにちは……あのぉ……私をご存じですよね？

妻　ええ、知ってるなんてものじゃありませんわ。（ソファの上に横になっているイシクをさして）あのうちの人のたった一人の友達じゃありませんか。ところで結婚なされたようですのね。（ミス・ホンに）奥様はとても美しい方ですのね。

スヌン　はあ……でも……

ミス・ホン　（素早く）ありがとうございます。お誉めいただきまして。

妻　そのままおかけになって下さい。（スヌンとミス・ホンが椅子に座ると彼女は向かいの椅子に座る。そしてしばしあたりを見回す。）家の中が片付いていますね、思ったよりは……洗濯もしてあるし。

スヌン　今朝掃除をしたからなんです。あいつはかまわないでおけというのを私がいい張ってやっと掃除もし、洗濯物も干したんです。

妻　うちの人睡眠剤を飲んだんですね？

スヌン　ええ、七粒ばかり飲みました。

妻　私には十二粒ずつ飲ませたんですよ。私はずっと眠り続けて無意識のまま過ごしました。そうしているうちにふと、このように生きていてはいけないという思いがしてきたんですね。それで二度と睡眠剤は飲まないようにとこの家を出ることにしたんです。けれども……実際は……遠くへは行けませんでした。一日中泣いてばかりいる子供の心配をしながらこの家の近辺をうろついていたのです。今日はあまりにも気がかりになって入って来てみたんですが……おかしいですね……家の中は静かで……赤ん坊の泣き声が聞こえませんのね。

スヌン　お子さんは病院へ行きました。

妻　どこの病院へ行きましたか？

スヌン　それがまだわからないのです。田舎から来られている彼のご両親が入院させるといって連れて行かれましたが、まだどこの病院か連絡がないんです。

妻　（暗い表情になって）かなり悪い様子でしょうか、子供は？

スヌン　ええ、そのようですね……

妻　（椅子から立ち上がってイシクの机に行く。机の上の紙に数字を書く。）これは私のいるところの電話番号です。どこの病院か連絡がありましたら私にも知らせて下さい。（紙をスヌンに渡して）しかし望みはないのです……この世のどんな病院へ行っても……可哀相なあの子は良くなりません。（玄関の方へ歩きかけたがしばしソファの傍に立ちイシクを見下ろして）私が来たことは黙っていて下さい。どうせこの人は全く関心がないんですから。寒くないように毛布でも掛けてやって下さい。

（イシクの妻、玄関の外へ出て行く。）

ミス・ホン　かなり知的な女性ですね。

スヌン　あの男にはもったいないくらいです！　文学的素質も優れていて、一時素晴らしい詩を書いていて名を馳せた女性ですよ。ところでこんな時はどうしたらいいんでしょうか？　あの友人は揺すっても目を覚まさないだろうし、再び出て行ってしまった夫人を引き止めることもできないし……

ミス・ホン　このような時はかかわらないのがいいのよ。（腕でスヌンの首にぶら下り）今は私たち二人の信頼と愛が重要なんです。

スヌン　（ミス・ホンを強く抱き締めて）そうですね！

ミス・ホン　今から私たちは互いに信じあい、愛し、助けあうのです！　先生、約束して下さいますわね？

スヌン　もちろん約束します！　私の人格のすべてをかけて約束します！

（舞台、暗転する。）

第三幕

前幕から一週間過ぎた後、正午頃。背の高い青年と背の低い青年が手動式の謄写版をせわしなく動かしている。彼らの服や手は黒いインクがついており、謄写版から印刷されて出てくるビラが床に乱雑に散らばっている。舞台左手、食堂のある方からエプロンをしめたスヌンがしゃもじを持って入って来る。

スヌン　昼飯の時間だよ。
青年達　（作業に熱中していて聞こえない。）
スヌン　（青年達に近づいて）昼飯だというのに。
青年達　（スヌンの言葉が明らかに聞こえているのに邪魔しないでくれというようにわざと反応を見せない。）
スヌン　（丁寧に、お願いするように）飯にしなよ。昼になったじゃないか？
青年達　全部終わってから食べます。
スヌン　いつ仕上がるの？
大きい青年　わかりません、いつ終わるかは。
小さい青年　我々は飯を食べるつもりはありません。今三百余名の勤労者達が断食をしながらストライキ中です。それなのに我々だけが腹いっぱい食べていられますか？

スヌン　そうか、それもそうだ……君たち二人のほかの人達はどこにいるの？　たった今ここで大声でしゃべって騒いでいたみたいだけど？

大きい青年　ストの現場へ行きました。

スヌン　（食堂の方へ行きかけ途中で歩みを止めて）俺はそんなこととは知らず、飯をたくさん作ってしまった。そんなことならちょっと知らせてくれればよかったのに。いつも騒がしいからこの家の主人は気が狂ってしまいそうだよ。

小さい青年　じゃあ狂ってしまえば。

スヌン　狂えって……？

小さい青年　ええ、一人の人間が狂っても三百人余りの労働者が権益を手にすることができるならばその方がずっといいでしょう。

（スヌン、肩をすくめてみせて食堂の方へ退場する。青年達は続けて謄写版でビラを印刷している。電話のベルが鳴る。小さい青年が機敏に電話へとびつき受話器をとる。）

小さい青年　こちら火葬場！　そっちの状態はどう？　うん……うん……いいよ。断食中の人達にはこういうんだ。もう少し持ちこたえろよ！　そうすれば我々の要求条件がみな達成されるだろう！　うん……それは心配いらない。今、我々の要求条件を印刷している。スト現場ばかりでなく各新聞社と放送局、それに、光化門の四つ角、市庁前広場などいたる所で撒くんだ！

（イシク、昼食を終えて食堂の方から出て来る。彼はひどく不機嫌な表情で小さい青年に近づく。）

イシク　そのインクの付いた手で受話器を握るな！

小さい青年　いいよ、しょっ中電話してそっちの状況を報《し》らせてくれ。（受話器を置いて、謄写版へ向かって行き冷淡に）わかりました。
イシク　それからな、こちら火葬場というのはやめろ！
大きい青年　これは我々の暗号なんですが？
イシク　暗号？
大きい青年　ええ。こちら火葬場！　いい暗号でしょ？
イシク　ここは私の家なのだ。わが家にはわが家のしきたりがあって、またわが家では絶対使ってもらいたくない言葉がある。ところが君たちはそれを守るどころか侵害してるのだ！
青年達　（印刷を続けながら）わかりました。
イシク　君たちは全く私の言葉なんか聞こうともしない。何がわかったというんだ？
小さい青年　先生の生活様式がわかったというのです。
イシク　じゃあ気を付けてくれ！
小さい青年　はい、気を付けましょう。しかしそんなことが気になるなら睡眠剤をお飲み下さい。
大きい青年　なぜ睨みつけるんですか？　それが先生の生き方ではありませんか？　我々がこの家に来て垂れ幕を作って、ポスターを描いて、今はこうして印刷をしていても先生はただの一度も関心をもって見ようともしません。一生懸命やる音が、うるさくて邪魔になる、インクの付いた手で受話器をとるな、小言ばかり並べているでしょ。
小さい青年　ついでにもっといって見ましょうか？　先生のそのような態度のため多くの人々が苦痛の中から逃れられないでいるのです！
イシク　今度は私に説教をたれるというのかね？

小さい青年　先生の生き方が間違っているというのです。（イシクの机の上を差して）あれをご覧ください。先生が翻訳中のあの幼稚な恋愛小説、あんな小説を数十巻いや数百巻読んでみても内容は似たようなものです。男性の主人公は金持ちで時間を持て余している有閑階級で、女性主人公は若く美しい娘で貧しさのためずっと苦労をしてきて、結局はその貧しさから逃れる方法として自分の体を利用して男に近付き火遊びをするそんな内容なんですよ。そのようなものは一言でいって大衆を愚弄し、彼らの意識を眠らせ、彼らの乏しい財布をはたいて出版社の経営主を太らせるだけでしょう！

大きい青年　すなわち、先生は睡眠剤文化の共犯者なのです。

イシク　ああ……馬鹿馬鹿しい！

大きい青年　先生、目覚めて下さい！　先生自身が睡眠剤文化の共犯者でありまた犠牲者であるということをわからなければなりません。

小さい青年　そのような幼稚でつまらない翻訳をして人生の生きがいを感じましたか？　答えてみて下さい。どうして我々の問いに答えられないのですか？　翻訳も労働であるけれど、その労働の代価というものがつまらなくてまたその労働の質的内容が全く価値がないから人生に生きがいを感じることができないのでしょう！　我々はそんな生き方をしたくありません。そのように深い眠りの中に落ちこんで暮らしたくないのです。だから我々は闘争中なんです！

イシク　いいたいことはそれで全部かい？

小さい青年　いいえ、もう一言ありました。

イシク　なんだね？　早くいえ！　私もいいたいことが喉元まで出かかっているんだ！

小さい青年　（謄写版を指して）我々を助けて下さい！　ストの理由と条件を印刷してあちこちに撒かねばならないんですが、人手がたりないんです。

（電話のベルが鳴る。小さい青年が素早く走って受話器をとる。）

小さい青年　こちら火葬場！　そう、籠城の現場はどうなっているかって？　うん……救急車が来たって？　うん……うん……運ばれて行った人は全部で何人なの？　六人！　わかった！　うまくいったぞ！　こうなれば雇用主の方が怖気《おじけ》づく！　さあ、勇気を盛り上げてくれ。結局は我々が勝つんだという信念を断食中の人々にふきこんでくれ！

大きい青年　（受話器に向かって）歌をやれ。歌を歌うんだ！　「我らは勝利する」そんな歌があるじゃないか！

小さい青年　そうだ、力いっぱい歌うんだ！　勝利は必ず我々のものだ！

（受話器を置く。）

イシク　救急車で運ばれた人間だって、それ何の話だい？

小さい青年　断食籠城して倒れて病院へ運ばれた人たちのことですよ。

イシク　今日で何日目なの断食して？。

大きい青年　五日目です。

イシク　この後も倒れる人は続出するな！

大きい青年　（謄写版に戻って作業をして）だからといって死にはしません。

イシク　君たちはその人たちが死ぬのを望んでいるんだろう？　人が何人死んでも社会全体が覆されることを望んでいるんじゃないの？

小さい青年　さっきのはなんでしょう？　我々にいいたいということおっしゃって下さい。
イシク　私は君達のそのような態度が恐くなった。恐くて話もできない、それがまさに君たちに向かって叫びたい私の言葉だ。
（スヌン、牛乳の入ったカップを持って青年達に近づく）
青年達　結構です。
スヌン　（穏やかな口調で）ご飯を食べないんなら牛乳でも飲みなよ。
イシク　飲むんだ。私の家で人が飢え死ぬざまなんて見たくもないからね！
スヌン　（牛乳カップを青年達に差し出して）私はね、君達の面倒を見てやる義務があるんだ。
大きい青年　もしかして……この牛乳の中に睡眠剤を混ぜてあるんじゃないの？
スヌン　睡眠剤だって？
大きい青年　この家では睡眠剤を飲まされるかもしれないから気を付けるようにいわれました。
イシク　誰がそんなことをいったんだい？
小さい青年　事実そうじゃないんですか？
イシク　そのカップをよこしな。私が試しに飲んで見るから。
青年達　（イシクを無視してスヌンに）先生が代わりにお飲みになってみて下さい。
スヌン　（牛乳を試すように少し飲む）何でもない。安心して飲んでもいいよ。
青年達　それだったら我々もいただこう。
イシク　（不快な感情になって）君達は完全に私を疑わしく思っているな！
青年達　（牛乳を飲みながら）先生も我々を信じてはいないでしょ？

スヌン　（イシクを青年達から引き離して）なあ、いいあいはよそう。外へ出て散歩でもして来てはどう？
イシク　急に散歩だって、どういうことだ？
スヌン　気分転換をしたらってことだよ！（玄関の方へ押し出すようにしながら）空を眺め、大地を見つめながら、のんびりと歩いて来るんだ。
イシク　俺はそんなことはまっぴらだ！
スヌン　家の中にばかりとじこもっているからお互いに喧嘩ばかりするんじゃないの？
イシク　一日中私の神経をひっかき回しているのはあいつらなんだよ。だがお前はあいつらに味方して私を追い出すんだな！
スヌン　誤解しないで俺のいうこと聞いてくれよ。私があの人たちの面倒をみてやるのにはそれなりの訳があるんだ。あのな、俺は恋をしたんだ。あの人たちを連れてきた女性にだよ。俺はその女性の頼みを断ることが出来なかった。それにその女性は私に新しい文学雑誌の創刊を助けてくれるというんだ。
イシク　（揶揄《やゆ》するように）なんていい訳が長たらしいんだ？
スヌン　彼女は私を愛している。本当だよ。
イシク　ああそれでなんだな、近ごろお前の顔つきが違って来たのは！
スヌン　俺の顔つきが……どうかした？
イシク　とても幸せそうだ！　首を切られたといって入って来た時とは全く違う！
スヌン　うん……あの時は……天気が良くなかったからなんだ。雲にすっかりおおわれて天候が不順だった。しかし、今は素晴らしく良い天気だ。（玄関の扉をあけて）ほら、外を見てみな！　晴れ上がった空に日の光が満ちあふれ、蜜のような甘い空気が漂っているじゃないか？
イシク　（門の外を眺めながら）陽など照ってないじゃないか？
スヌン　そう……燦々と降りそそいでいるんだ！
イシク　真っ黒な雲ばかりだぞ、空は。今にも雨が落ちて来そうじゃないか！
スヌン　雨なんか降りそうもないが？
イシク　近ごろお前はどうしたというんだ？
スヌン　空気を吸って見な。陽が照ってないけれど何かこう甘美なものが胸の奥にしみこんで来る！
イシク　戸を閉めろ。俺は絶対に出ていかないからな！
スヌン　そんなに癇癪を起こしていたらますます苦しいだろう？（ポケットから小さくたたんだ紙を広げて渡しながら）これを持って行け。
イシク　なんだい、これ？
スヌン　出て行ったお前の奥さんの連絡先だ。
イシク　どうして判ったんだ？
スヌン　このあいだ来たんだ。お前にはいわないでくれといわれていたんだが、電話して訪ねて行ってごらんよ。
イシク　俺を何としても外へ追い出したいんだな！（机に行ってタイプライターの前に座る。）いや、俺は翻訳の仕事をするんだ！
スヌン　おそろしく頑固な奴だな！

大きい青年　一種の自閉症です、門の外が恐くて出ていけないのは。
小さい青年　社会的関心が全くない証拠ですよ。
スヌン　そうだ、自分の女房に対しても全く関心がないんだから！
（電話のベルが鳴る。小さい青年、謄写版のローラを握ったまま受話器をとる。）
小さい青年　はい、こちら火葬場！　今の状況は？　あ……どなたをお呼びですか？　ちょっとお待ち下さい。（イシクに）先生、お出になって下さい。
イシク　（青年から受話器を受け取ってインクの付いた所をハンカチで拭く。）お電話替わりました。お父さんですか……一体何日になるんですか？　子供を入院させるといって連れて行ったらすぐ連絡してくれなきゃ困るじゃないですか！　え……？　関心もないのに連絡が来るのを待っていたかですって？　私がなぜ関心がないと思うんですか？
スヌン　（心配そうな表情で）ねえ、子供がどうだか伺ってみなよ。
イシク　子供の様子はどうですか？　絶……望……的ですって？　全く……望みが……ない……そうなんですね。（受話器を落とすようにおろす。）
スヌン　子供はどうなったの？
イシク　（机に戻って何も言わずタイプライターを叩く。）
スヌン　心配だ。どうなったんだよ？
イシク　お前がそんなにも心配してくれてる赤ん坊はだよ、今酸素呼吸器の中でやっと息をしているだけだ。今日でなければ明日、死が迫っているんだ。
スヌン　じゃあ、すぐ行ってやらなきゃならないんじゃないの？

イシク　俺は行けない。この幼稚な恋愛小説の翻訳もしなければならないんだ。
スヌン　頼むからそれは後回しにして病院に行ってくれ！
イシク　（タイプライターを叩きながら）父はどこの病院か教えてくれなかった。日頃関心もなかったし、今になって来たって何の役にもたたないというんだ。一言ずつはっきり切るように、な、ん、の、や、く、に、も、た、た、な、い、とな。そうおっしゃったんだ。（同情する表情で立っているスヌンに）なんでそんなぼーっとした顔で突っ立っているんだ？
スヌン　こんな時はだな……俺がお前のために何かしてあげられたらよいのだが……
イシク　俺のため？
スヌン　うん、ほんとうだよ。
イシク　俺のためにして欲しいことならどうか俺の前から消え失せてくれ！　そのように間抜けな顔で俺の前に突っ立っていられては邪魔になるばかりだから！
（スヌン、イシクに対し哀れみの表情を浮かべたまま後退りでさがる。彼は青年達の謄写版にぶつかりそうになる。）
青年達　我々の仕事を手伝って下さいませんか？
スヌン　なに……なにをすれば？
青年達　（謄写版の下に散らばっているビラを指しながら）このビラを集めて下さい。
スヌン　いいよ。
（スヌンは腰をかがめてビラを拾い集める。イシク、タイプライターの手を止めて皮肉をこめていう。）
イシク　驚いたねえ！　お前は信念を変えたのかい？　この世のすべての問題は愛によって解決され

なければならないと主張していたお前が、ストライキで闘争中の奴らの仕事を手伝うなんて！

スヌン　俺は俺の信念を変えたことはない。

イシク　では、今していることはなんなのだ？

スヌン　そのように偏見を持たないでくれ。この散らばっているビラを集めてあげることはストライキを助ける闘争的行動と見えるかもしれないが、しかし散らかっている部屋の中を掃除するという非常に平和的な行動ともいえる。人間をもう少し寛大に、幅広い視線で見なくては。それが人間を愛する態度だよ。

イシク　（タイプライターを打ちながら）この幼稚な小説はだんだん興味津々となってきたな！　ついに可愛くて純潔な娘がホテルに出入りして火遊びをはじめた！　大きな声で読んであげようか？（わざと小学生が教科書を読む真似をする。）彼女は鏡の前で服を脱ぎながらしばしもの思いに沈んだ。あのベッドに寝ている男を愛しているか、彼女は首を横に振った。愛してはいない、ただ十分な報償を得るために一緒に寝るのだ。するとたちまち彼女の心は悲しくなった。「何を考えているの？」男が尋ねた。「いいえ、なんでもありませんわ。」彼女は危うく見抜かれそうな感じがして答えた。「真実でないものはいや。私は嘘にとりまかれて生きているんですもの。」彼女は男を安心させるように唇を重ねた。「私も同じです。本当の愛が欲しい。」彼らはしっかりと抱き合った。

スヌン　やめろ！（イシクの机の前に近づいて）あんまり自分自身を苦しめるんじゃない！

イシク　急に何をいうんだ？

スヌン　俺はわかる。お前がどんなに隠そうとしてもお前の絶望感は俺にはわかっているんだから！

イシク　冗談いってるんだろ！

スヌン　冗談じゃない。お前には夢があったろう。思いっきりお前の持っている能力を広げて、意義のある生き方をしたいという希望があった。本当は、お前はこんな類《たぐい》の安っぽい恋愛小説など翻訳して暮らす人間じゃない！

イシク　では俺がどのように生きればいいというんだい？

スヌン　あんまり気を落とすな。俺はお前のために提案しよう！　純粋な文学雑誌を二人で共同で編集しよう！　人間に対する信頼と愛を人々の心の中に植え付ける仕事、それはどんなにやりがいのあることであるか！

イシク　（タイプライターを叩きながら）まだそれは創刊にもなっていないじゃないか？

スヌン　じき創刊できるんだ！

イシク　いいよ。ところでお前が主張するその生きがいというやつは俺が思うにはとてつもなくむちゃな歳月を必要とするようだな。この世の中の人間は砂つぶほどもたくさんいるんだよ、いつそのすべての人々の心の中に信頼と愛なんてものをぎっしり隙間なく植え込むことができるんだい？　十年？　いや千年？　むしろそれよりは一瞬のうちにこの世の中を変える方法が何かないだろうか？

青年達　（イシクの言葉をすぐ受け取って）むろんありますとも！

イシク　そう？　どんな方法で？

青年達　闘争です！　人間のために闘争しなければなりません！　ただそれのみが人間を苦痛から解放する方法です！

（電話のベルが鳴る。小さい青年素早く走って行って受話器をとる。）

小さい青年　こちら火葬場！　状況はどうなっている？　うん……救急車が来た後で……向こうも話

し合いをしようとして来たっていうのか？（興奮して）ヤッホー、そうくると思った！　いまこそ奴らの鼻っぱしを完全にへし折るんだ！　断食は止めてはならない！　継続しながら我々の要求条件を一つも漏れなく貫徹させていくんだ！（受話器を置いて大きい青年に）早く籠城現場に印刷したビラを届けよう。
大きい青年　ブラボー！（印刷されたビラをとりまとめながら）私が持って行こう！
小さい青年　放送局と新聞社にも撒こう！
大きい青年　もちろんだとも！
（青年達はたがいに固い握手を交わす。大きい青年、そっと玄関の戸を開けて用心深く外に出て行く。小さい青年、しばらくの間大きい青年の後姿を目で追ったが安心した表情で戸を閉めて戻って来る。）
小さい青年　（希望にひどく胸を膨らませて）見てて下さい！　我々の闘争が成功すればこの世の中がぱあっと変わるでしょう！
イシク　君達はみんなで何人なの？
青年達　（訝《いぶか》しい質問を受けたように）え？
イシク　いつから身分を隠してストを煽《あお》って来たんだい？
小さい青年　（怒った表情で）今のは冗談でしょう、それとも審問ですか？
イシク　どちらでもない。
小さい青年　（警戒心を表して）ではなぜそんな質問を？
スヌン　（心配そうな表情でイシクに）お前は翻訳でもやっていろ、喧嘩をふっかけないで。

イシク　俺は喧嘩をふっかけたんじゃない。
小さい青年　では一体何で今のようなことを？
イシク　（スヌンに）お前はコーヒーを入れて来てくれないか。
スヌン　しかしね、お前がつまらない喧嘩をしそうなんでここをはなれるわけにはいかないよ。
イシク　心配するなよ。我々はコーヒーを飲みたいんだ。
スヌン　ほんとに喧嘩しないね？
イシク　本当だってば、約束するよ。
（スヌン、コーヒーをわかしに食堂の方へ退場する。イシクはなにもいわないでタイプを続けて叩く。小さい青年、イシクを鋭い視線でみつめていたが机の前に近づいていく。）
小さい青年　正直におっしゃって下さい！　我々を警察に報らせようと思ってるのではないですか？
イシク　警察に……
小さい青年　そうでしょ？
イシク　むろんそういう考えもなくはない。君達は私の家に入って来た時から悶着を起こしている。だけど警察に報らせることは一旦保留することにした。
小さい青年　それはなぜですか？
イシク　君達は非常に純真だ。君達が本当に世の中を変えることなんかできるんだろうか……
小さい青年　そりゃ間違いなく変えるでしょう！
イシク　失敗することもあるんじゃない？
小さい青年　失敗するはずはありません！

イシク　大した信念だな！　ところでだ、未熟な者ほど信念ばかり強調して叫ぶというじゃないか。私が見るところ君達は本当の革命主義者ではない。年が若いだけにただ真似をしているだけだ。

小さい青年　（顔を紅潮させながら拳で机を叩く。）我々がただ真似ばかりしているですって？

イシク　君がどんなに大きなことをいっても本物らしくない。君は青二才だ。君はね、カール・マルクスがいつ生まれたかも知らないだろう？

小さい青年　一八一八年！

イシク　そうだ、それは中学校の教科書にも出ているから。ところで彼がどこで生まれたか知っているかい？

小さい青年　ドイツで生まれたんでしょ！

イシク　ドイツのどの地方？

小さい青年　どの地方ということまで知らなければいけないんですか？

イシク　本物ならばそれまで知っていなければならない。彼はドイツのローゼル渓谷の入り口にあるトゥリルという小さな村で生まれた。すばらしく美しい所だよ。恋愛小説に出てくるような絵のように美しい村々が渓谷に沿って並んでいて、その周りには葡萄畑があるんだ。谷の淵から上に登って行くと斜面の緩やかな耕作地があって細長い帯模様になっている。そしてその細長い帯が山を幾重にも取り巻いているような素晴らしい風景を作っているんだよ！

小さい青年　（感嘆して）素晴らしいでしょうね！　直接行ったことがありますか？

イシク　直接行ってみなくたってわかるよ。私は色々な本を翻訳しているんだから。ところでカール・マルクスはいつ死んだ？

小さい青年　そうですね……一八八六年のようですが……

イシク　一八八三年だ。死んだところは？

小さい青年　イギリスのロンドンだと思いますが？

イシク　そう、ロンドンだ。埋められているところは？

小さい青年　埋められているところまで知る必要ないでしょう！

イシク　いいや、本物の革命主義者ならば知っていなければならない。彼はロンドンのハイゲート墓地に埋められた。正確にいえば一八八三年三月十九日にその墓地に埋葬された。ところが彼の墓地を訪れる人はごく稀だ。時おり共産主義国の公式使節団がやって来るだけなのだ。

小さい青年　わざと人々の目にとまらないところに埋められたみたいですね？

イシク　最初はそうだったかもしれない。ハイゲート墓地の片隅に埋められていたんだからね。しかし再び移して、今はハーバート・スペンサーの墓の近くに埋められているんだよ。

小さい青年　ハーバート・スペンサーってだれですか？　彼も共産主義者なのですか？

イシク　本当に君はものを知らないな！　ハーバート・スペンサーは資本家達を徹底して支持した学者だ。すなわち、君のお父さんのような金持ち達を保護した人なんだ。彼はこのように主張した。人間が金持ちになるということは適者生存の法則によることだ！　発達程度が低い種族は淘汰されて、適応能力が卓越した種族のみが生き残る。金持ちはやはりそのような適者生存を通して人類の進歩のため献身しているのだ。

小さい青年　完全に狂った奴らだ！　先生もそれを信じられるんですか？

イシク　私がそのように信じているのではなく金持ち達がそのように信じているんだよ。だが、金持ちだからってみんなが悪者ではない。アメリカのボストンに住んでいたエドワード・バイロンのような善良な資本家はこのようにいった。「アメリカの雇用主達は労働者について深く理解していて、労働者達も雇用主に対する認識を高めようとすることで、究極的にはお互いの利害が共通であることを悟るようになるのである。」（食堂の方を指して）今あっちでコーヒーをわかしている私の友人もこれと似たような考えを持っているんだ。お互いを信頼して愛すればこの世の中の問題はすっかり解決できるものだと。いずれにせよだ、このような主張に対してあの有名な革命家レーニンはエドワード・バイロンに手紙を書いて送った。「最も尊敬するバイロン様、この世の中の労働者があなたの考え通りのような馬鹿ばかりだと信じておいでですか？」

小さい青年　そうしたら返事には何と書かれていたんですか？

イシク　そうだね、私もそれが気がかりだったよ。ところが私が翻訳した本にはその返書に対する言及がない。ただ、レーニンについては詳しく書かれていたんだよ。君、レーニンについてはどれぐらい知っている？

小さい青年　何をどれだけ知っているかなんて、それは重要なことではないでしょう！　世の中を変えるという信念、それが知識よりもっと重要なことでしょう！

イシク　私が翻訳した本によれば、レーニンは一九二二年に脳溢血で死んだ。脳溢血とは頭の中の血管が破れて死ぬのだが、それは何か思い通りにならないことに神経を使い過ぎることによって起こる鬱火病《ウルホァ》なのだ。いずれにしろレーニンは、革命を成功させて資本主義を後退させれば万事がうまく行くだろうという信念を持っていたのだ。君もたった今そういったじゃないか、確固たる信念のみあれば充分だ、他のことは重要ではないとな。それがまさに革命主義者の思考方式なのだ。ところがレーニンは革命を成し遂げたけれども頭の痛い現実問題は少しも変わらなかったのだ。そのうえ革命勢力というものは権力を握った後にはツァーリ時代と変わりなく官僚化してしまい、レーニンは気も動転するほど驚いた。そして彼はこれを改めようと必死で努力したが、精力ばかり浪費するだけでなんの実りもなかった。レーニンはロシア革命以後ずっと悲痛な気分に沈んでいたが、その結果幾らも生きていられず脳溢血で死んだのだ。

小さい青年　（憤慨して）その忌ま忌ましい本はどこにあるんですか！

イシク　（机の片隅を指して）あれ！

小さい青年　（イシクが指した所へ行って）ここに本なんかありませんよ。

イシク　その原稿の束がまさにそれなんだよ。マルクス、エンゲルス、レーニンを全部批判した内容なので、出版社では怖がって本にはできないというのだ。この場合出版社はもちろん翻訳した私まで共産主義者として窮地に追い込まれる危険性があるというんだ。

小さい青年　それはまたどういうことですか？

イシク　なに、君達みたいな無知な読者がその内容を逆さにして読むからなんだよ。かと思えば当局では逆さにして解釈したものを引っ繰り返して解釈するし。それを出版社はまたひっくりかえして解釈するようで、いずれにしろその原稿の束は紙屑になったんだ。

（電話のベルが鳴る。小さい青年、素早く走って行って受話器をとる。）

小さい青年　こちら火葬場！　いま状況は……？（気が乗らない表情で替わって、イシクに）先生にですよ。

イシク　誰から？

小さい青年　わかりません。世帯主なる人と話がしたいということです。

イシク　（受話器を受け取って）私がこの家の世帯主です。どんな御用ですか？　世論調査？　中産層男子の意識構造を調査中……もしもし、私が中産層であるかないかどうしてわかるんですか？　そうですか……？　年齢は四十代、学歴は大学卒業、職業は精神労働、所得は多くも少なくもない、そうだとすれば典型的中産層の男子、そうなんですね？　いずれにしろ、それならば私は中産層の男子です！　聞きたいことは何ですか？　……我々の社会の右翼的気質と左翼的気質についてどのように考えているかと……私は両方とも希望はないと思っています！　未来に対しては楽観的であるか、悲観的であるか……それも希望はないと思います！　私は自分自身に対して悲観的なばかりでなく、次の世代に対しても甚だ懐疑的です。私は私の子供がこの世に生まれてきたことが間違いであり、将来まともに生きることはできないと信じています。ああ、率直に答えてくれてありがたいだなんて、近ごろの中産層の見解とは違うみたいですって？　そう、近ごろの中産層の見解はどんなものですか？　未来を楽観している……いいです、でしたら彼らは楽観していればいいでしょう！　私はいずれにしても悲観しているのですから！（受話器をおろす。）全く馬鹿にしている！どこの世論調査が楽観的であることを強要するんだ！

（食堂の方からコーヒーのカップをお盆にのせてスヌンが入って来る。）

スヌン　コーヒーがわいたよ。

イシク　ありがとう。

スヌン　（小さい青年に）安心しろ、睡眠剤なんか入れてないから。

小さい青年　（コーヒーカップをもらって）ありがとうございます。

スヌン　喧嘩しなかったろうね？
イシク　喧嘩する余地もなかった。あの無知の革命主義者にいろいろと知識を教えてやっていたんだから。
小さい青年　（原稿の束をいじりまわしながら）これを読んで見たいんですが？
イシク　好きなように。逆さに読もうが、引っ繰り返して読もうが。
小さい青年　（原稿の束とコーヒーカップを持って離れた椅子の方に行く。）
スヌン　（イシクに）お前は相変わらずご機嫌斜めなのかい？
イシク　機嫌がいいわけないだろ！　この世の中は絶望だけなんだから。
スヌン　お前には愛が必要だ。愛に夢中になればすべてのことが解決できるんだよ。
イシク　また愛だというのか？
スヌン　俺の言葉を信じろよ。お前を愛してくれる人、またお前が愛する人がいれば世の中が変わるだろうよ。
イシク　ああ、そうかい？　お前は実際それを体験したみたいだね？
スヌン　もちろんだ！　俺は確かに体験した。漠然として、抽象的にばかり考えていたことを愛はとても確実で具体的にしてくれたんだ。例えば俺が純粋な文学雑誌を通してやりたいと願っていることは、人間と人間が暖かい感情で通じるあえる世の中だが、その世界が愛の経験を通して確実に感じられるんだ！
イシク　（飲み終わったコーヒーカップを突き出して）ごちそうさま。空のカップを片付けてくれ。
スヌン　これは単純な個人的な愛ではない。この世界全体を愛することと関係があるんだ。

イシク　じゃあ、うまくやってみなよ！
スヌン　お前は思春期のガキを叱るみたいなんだな。
イシク　空のカップを早く持って行ってくれというんだ。
スヌン　（空のカップを受け取りながら）お前はほんとに可哀相な人間だよ。
イシク　（タイプライターを叩く）なんの役にもたたない人間だよ！
（玄関の扉を外で荒々しく叩く音が聞こえる。小さい青年、びくっと驚いた表情で椅子から立ち上がり玄関の方を眺める。）
小さい青年　外に誰か来たようです。
イシク　誰だかドアを開けてみてくれ。
小さい青年　あの乱暴に叩く様子は警察かもしれない！（素早く謄写版を片付けてスヌンに）適当にまいて下さい。私はあちらの部屋に隠れます。
イシク　（タイプライターを叩くのを止めず）映画で見たんだがね、真の革命家は逃げたりしないもんだよ。
スヌン　（小さい青年が部屋の方へ退場したあと玄関に行って）どなたですか？
（扉を叩く音が一層荒くなる。スヌンは空のカップをイシクの机の上に置いてドアを開けてやる。酒ビンを手に酔った編集長が入って来る。彼は髪の毛をばらばらにし、服を皺くちゃにしてひどく酔った状態である。）
編集長　こんにちは、みなさん！　私は突然首になりました！
イシク　（スヌンに）この前のお前と同じだな。

編集長　まさか、まさかと思っていたのに、今日の朝、発行人に呼ばれて私は首を切られてしまったのです。（酒ビンをラッパ飲みしながらスヌンに近づく）私がなぜ首を切られたか、それはあなたのせいですぞ！

スヌン　私のせいですって？

編集長　とぼけないで下さい。あなたが私の席に座るということをちゃんと知ってやって来たのです！

スヌン　とんでもありません！　私は新しい文学雑誌の編集長ならいざしらずほかのことはのぞみません。

編集長　ほんとうにしらを切るんですね！　いいですか、誰がただで気軽に文学雑誌を創刊してくれますか？　まずは百巻分の世界恋愛小説大全集を責任を持って引受け大成功させろ、それですよ！そして持て余すほどにお金を儲けなければ先生が願って止まないその純粋な文学雑誌とやらは創刊出来ないんですよ。（スヌンの背中を叩いて）いずれにしても、おめでとうございます！　先生はいまや前途洋々たる出版社の編集長の座を手にされたのですからね！

イシク　（スヌンに近付いて握手を求めながら）おめでとう！

スヌン　一体どうなっているのか訳がわからないなあ！

編集長　秘書室の彼女がすべてのことを私に話しました。先生のために私を追い出してその席を先生に与えるようにしたとね。

イシク　全く彼女は素晴らしいじゃないか！

編集長　ええ、とても素晴らしい女性ですよ！（酒を飲みながら、嘲け笑うようにスヌンに）先生がその席につけるようにするために、彼女は今発行人と一緒にホテルに行ってますよ！

スヌン　（衝撃をうけた表情になる。）

編集長　驚くことはありません。もともと彼女は発行人とはそういう関係だったのですからね。

スヌン　むろん、そうだったでしょう。しかしそんな関係を清算しようと、彼女は一生懸命努力しました。私は事実彼女と何回も会いました。お互いの心をうち明けて率直な話をたくさんしたんですよ……

編集長　発行人もそのことに感づいたのでしょう。だから彼女を留めておくための手を思案中でしたよ。しかし問題が意外に簡単に解けた訳です。私を追っ払って先生を座らせるという条件とはなんですか、発行人には一挙両得ではありませんか！　そのうえ一挙両得どころか彼女までですから、こんなことは一石三鳥といわねばなりません！　ハ、ハ、このすべてのことが彼女の感動的な愛によって成されました！

スヌン　（編集長の肩をつかんで揺すりながら）あなたの作り話でしょう？　彼女が発行人とホテルに行ったっていうのは！

編集長　私が酒に酔ってでたらめな話をしていると思いますか？　お疑いならばハイヤットホテルへ行って見なさい。イテウォンの丘の上、漢江《ハンガン》の流れを見おろす、あのしゃれたホテルに行ってご覧になって下さいよ！

スヌン　（編集長を押しのけて玄関の方へ行く。）私が直接確かめよう！

イシク　お前どこへ行くんだ？

スヌン　彼女のところさ！

イシク　行ってどうしようというんだ？

スヌン　汚い関係を清算しろといわなくては！

イシク　ではお前の望みはどうなるんだ？　新しい文学雑誌は始めから期待できないんじゃないの？

スヌン　重要なことは愛なのだ！　人間と人間の真実の関係なのだ！　そのような関係を放棄して新しい文学雑誌を出したとて何の意味があるというんですか？　それは偽善だ！　この世の中を一層悪くさせるばかりだ！

イシク　ちょっと戻ってこっちに来てみな。

スヌン　（門の前で振り向いて）どうしてだい？

イシク　俺はお前のそんな態度に惚れた。（拳をぐっと握り締めて見せ）本当だ、やってみなよ！　俺はお前に望みをかける。お前がそんなでたらめな関係を清算させて戻ってきたらこの世の中はずっと良くなって、そうすれば私もお前を見倣《なら》い自分のつまらない態度を直してみせる！

スヌン　（門の外へ退場しながら）よし、見ていてくれ！

編集長　（少し前までの態度とは違ってあらたまった顔つきになり）なんと素晴らしい人でしょう！

イシク　ええ、私もびっくりさせられました。

編集長　なんか……私自身が……恥ずかしく思われますが……

イシク　恥ずかしいことは私も同じですよ……（机の上に置いてある空のコーヒーカップを編集長に突き出して）私にも酒を飲ませて下さい。

編集長　あ、はい……（イシクが差し出したカップに酒を注ぐ。）

イシク　（酒がもられたカップを高く上げて）さあ、乾杯をしましょう。我らの希望のために！

（イシクと編集長、ほほ笑みを浮かべた表情で酒を飲む。）

イシク　さっきよりはずっと明るい顔になりましたね。
編集長　そう見えますか？
イシク　ええ、さっきは沈みこんで絶望的な様子でしたよ。
編集長　先生の友達のおかげで気が晴れました。実際、私の人生で久しぶりに感動を受けました。
イシク　失礼ですが、年はお幾つですか？
編集長　今年で五十四歳です。この年になれば希望なんてないものです。あらゆる風雨にうたれて炎が消えたとでもいいましょうか、夜はだんだん暗くなっていくのに消えてしまった灯のように私自身が暗澹たる気分なのです。
イシク　私は四十を過ぎたばかりです。ところがすでに炎が消えました。
編集長　結局はそうでしょう、我々が自身で消えた火を再び灯すことは困難なことです。誰かがその火を強力につけてくれれば燃え上がることができるかもしれませんが、めったにそんな機会は来ないものですね。けれど今日は私にその機会が来たようです。私は心から先生の友人の方にお礼をいいたいですね。その方が私の炎を再び灯してくれたのです。もう編集長の席、そんなものに何の未練もありません！　哀れっぽくそのような席にしがみつこうとしていたことが、むしろ私の人生をだめにしていたようです。（酒ビンを差出して）もう一杯やりましょうか？
イシク　いただきます。
編集長　（イシクのカップに酒を注ぎながら）先生の顔もさっきよりずっと良くなりましたね。
イシク　あ、そうですか？
編集長　はい、さっきはまるで悲観的で冷笑的でしたが今はそうではありません。

イシク　（カップを高くあげたが途中でおろして）いけない、私は乾杯はいたしません。
編集長　（びっくりして）どうしてやめるんですか？
イシク　危うく間違うところでした。
編集長　どんな間違いなんですか？
イシク　いたずらに興奮して希望を持つところだったんです。その点った灯りのことです。先生は雨風のために自身の灯が消えたとおっしゃいましたが、私は違います。事実、私は自ら自分自身の灯を消してしまったのですよ。それは決して簡単なことではありません。一生懸命になって、徐々に、徐々に、あらゆる希望を殺しました。
編集長　なぜそんなことをなさったのか理解できませんねえ！
イシク　無理に理解されることはありません。ただなんの希望も持たないのも暗やみの中を生きていく一つの方法でしょ。いずれにしろ私はそのように生きる決心をしてまた実際にそのように生きてきました。ここにきて間違って希望を持つのは気が重たいばかりです。（机に行って引き出しをあけて睡眠剤のビンを取り出す。）ひょっとしたらこれが助けになるかもしれませんね。先生にこれをおすすめしたいのですが。
編集長　それはなんですか？
イシク　ユートピアです。希望が砕けて苦しい時これをお飲みなさい。希望はガラスの器《うつわ》より砕け易く、そのうえ全くの暗やみの中では一層簡単に壊れてしまうのです。
（イシク、ユートピアの錠剤を取り出す。そして不思議そうにしている編集長の手に握らせる。間。徐々に暗くなる。）

第四幕

前幕より一日が過ぎた日。夕方頃。イシクはタイプを叩いている。少し離れたところに家に戻って来た彼の妻がその姿を眺めている。

妻 私の電話番号がどうしておわかりになったの？

イシク （タイプを打ち続けたまま）みんなわかっているさ。

妻 あなたのお友達の方が教えてくれましたのね？ まあそれはどうでもいいですけれど。私は子供のために来たのであなたのために来たのではありませんからね。子供はどうなりましたか？

イシク もちろん生きて家に帰ることはできなくて……それで君にも報らせなければならないと思い電話をしたんだよ。私は病院で葬式をやろうとしたんだが、アボジ達の考えは別だ。日が沈んで暗くなったらその死んだ子供を家に連れて帰って来る。

妻 （ショックを受けたように顔を硬ばらせて）あの子は……死んだのですね。

イシク 君も諦めていたじゃないか？ あの子は生きる望みがなかった。

妻 あなたのせいですよ。あなたが私に睡眠剤なんか飲ませなかったらあの子は健康な体で生まれてきたはずです。

イシク もちろんだよ。君が私に何のために生きるのかと尋ねなかったら、私は睡眠剤みたいなものは飲ませなかったよ。

妻　一体あなたは何のために生きているんですか？

イシク　なんてこった、また始まった！　この世の中に自分が何のために生きているかを自覚して生きている人間なんて何人いるんだい？　十人？　百人？　千人？　いや千人はおろか十人にも満たないだろう。残りの大部分の人間は問いもしないし、答えもなく、ただ黙って生きているんだ。

妻　（イシクから離れたところにある木の椅子に行って座りながら）生きるということは問うということです、一分一秒が厳粛な質問をしていて、したがって一分一秒が正直な答えでなければならない、このようにいったのは誰だったでしょうか？　そうよ、あなただったのです。私達が初めて会った日、あなたのその一言がどんなに私の心を捕らえたことか……それからは遠くからあなたを見ても胸が震えたものです。あなたが近づいて来て私の手を握ると、ああ、これが生きているっていうことなのだと、体中に力強い喜びを感じたものでした。

イシク　それが間違いだった。男は女を口説こうとするとき心にもない言葉をむやみにいうもんなんだよ。それに、私には若い時深刻な劣等感があったんだ。他の男性に比べて劣っているという劣等感のために無理に格好いい振りをしていたのさ。

妻　いいえ、あなたは本当に優れた方でした。ただあなたは自ら問うことを止めてしまった後からだめになり始めたのです。それで私は決心したんです。あなたが止めてしまった質問を私が代わりにしなければならないと、それだけがあなたをふたたび取り戻させる道だったのです。ところが、あなたはそんな私に睡眠剤を飲ませました。始めは私が感づかないようにスープに入れ、コーヒーにも入れたりしていましたが後には強制的に口を開かせ飲ませたのです。私は今でもその理由がわかりません！　なぜあなたの良いところを自ら殺してしまったのかわからないんです！

イシク　君は相変わらず神経過敏だな。家を出て一人になった時睡眠剤は飲まなかったの？

妻　なぜ睡眠剤を飲む必要があるの？　はっきりとしてさわやかな気分がほんとによかったんですから！　私は結婚後にやめていた詩をまた書き始めました。「私はなぜ生きているの？」このように自身に向かって問うとその答えが詩になって出てきて朝目を覚まして夜眠りにつくまで、私はそればかり考えています。

イシク　とても苦しいことだろう？

妻　苦しいということは悪いことではありません。むしろその苦しみが創造的になる時は喜びに変わるのです。もう私は何も恐がりません。（自身が書いた詩を暗誦する。）

深い眠りから覚めた人は幸いなれ。
閉ざされた目が開き生きている命が見え
塞がれた耳が開けられ美しい声がきこえて
閉じた口を開いてみんなの名前を呼ぶのだ
ああ、太古から今日まで
暗やみの中に閉じこめられていた人々が解き放たれて
五色絢爛たる光の旗を高く掲げて踊るのだ。

イシク　（妻が暗誦した最後の一節を低い声で繰り返す。）光の旗を……高く掲げて……踊るのだ……君はほんとに良くなったんだね。

妻　そうです。私は心も体も健康になりました。

イシク　（タイプをしばし中断して沈黙する。）君はそんなところが素晴らしい。だけど俺はそうじゃない……もはや消えそうな灯りさえも投げ出してしまい……とても真っ暗な……暗やみの中にいるんだ。

（小さい青年、部屋の方から原稿の束を持って入って来る。彼はイシクの机の上に原稿の束を投げ出す。）

小さい青年　私はこれを全部読んで見ましたよ！

イシク　それで……どうだった？

小さい青年　あらゆる革命家達をおだてあげたりこき下ろしたり、称賛すると同時に非難をあびせているんですね！　私は先生がなぜ社会意識というものが全くない馬鹿みたいな人生を過ごしているのかその理由がわかりましたよ！　こんな訳のわからない本ばかり翻訳しているものだから頭が麻痺してしまったのでしょう！

イシク　全くめちゃくちゃな気分だ！　君、こんな歌を聞いたことないか？「灯りの消えた港に雨が降る」みんな灯りが消えてしまった真っ暗な港で土砂降りの雨に打たれている気分、それがまさしく今の私の気分だよ。

小さい青年　我々が先生の灯台の灯になってあげましょう！　我々がこの世の中を真昼のように明るく照らしてあげますから見ていて下さい！

（電話のベルが鳴る。小さい青年、素早い動作で駆けて行って受話器をとる。）

小さい青年　こちら火葬場！　……そう……うん……（緊張した表情になって）気にするなよ。予《あらかじ》め予想していたことだから。うん……それが卑怯な奴らのやり口だよ！　今日の夜が最も重大な山場だ！ここで後退してはだめだ！　粘り強い勇気を持って明日の朝まで持ちこたえるんだ！　そうすればきっと勝利は我々のものになる！

（受話器を置いて拳を握ったり開いたりして緊張を解《ほぐ》そうとする。）

イシク　どうかなったの？　世の中を真昼のように照らしてくれるはずだったのに、うまくいかなくなったのかい？

小さい青年　卑怯な奴ども！　会社側で断食籠城の現場に勤労者家族を引き入れたということです！奥さん達や子供達を泣き叫ばさせて、スト中の労働者の心を動揺させようとする作戦なんです！

イシク　じゃあ、闘争は希望がないね。やはり愛に希望をかけるしか……

小さい青年　（気にいらないという表情でイシクをながめて）なぜそのように悲観的に考えるのですか。

イシク　家族達が泣き叫ぶ光景を考えてみなよ。なんかだめになりそうな感じじゃないか？

小さい青年　全く心配ありません！　ストライキを始めていくらもならない時、そして成功する望みが未知数の時なら、そのような卑怯なやり方も効果があったでしょう。しかし今はストライキの成功を目の前にしているのです。みんなやりぬく覚悟でいっぱいなのですからそこまで卑劣な行為は通じないでしょう！　むしろ家族達は加勢するでしょう！　今夜中にあっち側も手をあげることでしょう！

イシク　君のいうことを聞くとそういう気もするが。

小さい青年　先生も確信をお持ち下さい！　革命家達は信念を持った人たちです。彼らはその確固たる信念のもと肯定的に考えて、また肯定的に行動をするのですよ。そして不可能なことを可能なことに変えるという驚くべきことをするのです！

イシク　（ふたたびタイプを打って）よろしい、私もすべてのことを肯定的に考えるようにしよう！

（玄関の戸が開く。イシクの両親が乳母車に小さい棺をのせて入って来る。）

アボジ　さあ、お前の子供を連れてきたよ。

妻　（乳母車に行き小さな棺に手をあててなでさする。）たったこんな小さなところに入ってしまうなんて……苦しいことでしょうね。

オモニ　死んだ子供に苦しみはないよ、むしろ生きている私たちの方が苦しいよ！

イシク　（机から中腰の姿勢で立ち上がり）どこの病院か教えて下さらなかったんですね？　教えて下されば私が行きましたのに？

アボジ　自分の子供をこんなふうにした奴が病院に来て何をしようというのか！　やっと家の中は静かになってよかっただろう！　赤ん坊の泣く声を泣き止ませてくれとばかりいっていたんだから、お前の思いどおりになったじゃないか！

オモニ　アボジはとっても怒っておいでだよ。

イシク　申し訳ありません、アボジ……

オモニ　いずれにしろここに死んだお前の子供を連れて来たくはなかったよ。私らの気持ちとしてはすぐにも田舎へ連れて行って日当たりのよい丘の上に埋めてあげたかったよ。しかしそういうわけにもいかないだろ？　それでも父親であるお前に最後の姿でも見せてやろうと思って連れて来たよ。

イシク　オモニ、お世話をかけました。

アボジ　ところでお前はこれからどうやって暮らすんだい？

イシク　どうやって暮らすかって？

オモニ　お前の女房とまた一緒に暮らすのか、それとも別れるつもりなのかそれを尋ねられているんだよ。

アボジ　いや、それよりもっと重要なことがある。私が聞きたいのは、人生をどのように生きるか、そのことだ。今のお前の生き様を見ていると全く希望がない。

イシク　いいえ、心配なさらないで下さい。

オモニ　気掛かりなんだよ、ほんとに。

小さい青年　（イシクを激励するように）もっと積極的に、自信を持っておっしゃって下さい。

イシク　世の中が変われば私も良くなるのです！

アボジ　何をいっているんだい？　お前がまず変わらねばならないだろう。そうしてこそ世の中が良くなるんだ！　お前は今幾つだ？　四十を過ぎたばかりだ。どう考えても若い年とはいえないが、だからといって完全に悲観する年でもない。どのようにするにしろあらたに始めてみな。今までの生き方を清算して、ほんとうに新しく出直すんだ。

イシク　そのことについてならば私も申し上げたいことがあります。事実、それが私が願っていたことなのです。しかし、一人ではむずかしいのです。誰かが少し私を助けてくれるといいんですが……（妻を眺めて）君が私を助けてくれないか？

アボジ　助けてくれという前にまずお前の間違いを謝れ。睡眠剤を飲ませないし、お前自身も飲んではならん！　私たちに約束しろ！

イシク　約束いたします。今後そんなことはいたしません。

アボジ　（イシクの妻に）どうだい、お前は？　完全にあいそがつきたならば仕方ないけれど今回だけ目を瞑《つぶ》って許してやってくれ。

オモニ　（妻に近づいて）お願いだ、今度一度だけ助けておくれ。そうすれば年とった私たちも安心して帰れるから。
妻　わかりました、オモニ……
オモニ　ありがとうね！
アボジ　これでこそ私らも安心だ。お前達に新しく子供が生まれたら田舎に連れて来ておくれ。子馬を解き放すような広い土地で思いっきり駈け回らせられたらどんなに良いだろうね。
イシク　ええ、そうします！　これまでは申し訳ありませんでした。それに今は田舎は日照りのため穀物がやせて、家畜は喉を嗄《か》らしているのですから、今夜の汽車でお帰り下さい。
オモニ　いいえ、可哀相なこの子の弔いが終わってから帰るよ。
イシク　そんな必要はないですよ。今は生きていることのほうが大事な時です。（小さい棺を指して）この子供もそのことはわかってくれることでしょう。いたずらにここで時間を費やすより、おじいさんとおばあさんが干涸びた穀物と飢えている家畜を救うためにすぐにも田舎へ帰ることこそが喜ばれるでしょう。
アボジ　そう、そう思わない訳でもないが……
イシク　葬儀は私たちでやらせて下さい。私も死んだ子供に謝らなければ悔いも残るし決して粗末には行ないませんから。（アボジとオモニが躊躇《ためら》っている表情を見て、若干語調を高めて）今だに私を信じられないようですね！　そうでしたら無理にお帰り下さいとは申しません。
アボジ　（オモニに）じゃあ、もう任せて帰ろう。
オモニ　（小さな棺を眺めハンカチで目頭を拭う。）この子を絶対火葬にしてはいけないよ。煙でぼうぼう燃やしてしまっては再びこの地には生まれてくることはできない。再び生まれてこれるように亡骸はそのまま土に埋めてあげなさい。わかったね？

イシク　ええ、オモニのおっしゃる通りにいたします。

アボジ　（棺の上に手をのせて、気持ちをこめて）坊や、私たちはまた会えるだろう。その時は両の目を開けるんだよ。

オモニ　耳も聞こえるようにね。

アボジ　口もきけるようにな。

（アボジはオモニの脇を抱えて玄関の方へ歩いて行く。イシクの妻は二人を門の外まで見送って戻る。間。イシクは沈黙したまま立っている。）

妻　なんて立派な方たちなんでしょう、ご両親は。

イシク　それに比べてこの俺は。

妻　あなたも態度をあらためるということは誉められることだわ。

イシク　私は誉められるべきものではない。態度をあらためるふりをしたまま束の間をいい繕っていただけなんだから。

妻　じゃあ、なんですか、ご両親に嘘をついていたというんですか？

イシク　私は嘘は絶対つかない人間だよ！　わずか五分もたたないうちに体中に冷汗がながれるんだよ。（乳母車を押して円形を描いて周りながら）かわいそうな奴よ、目も見えず、耳も聞こえず、口もきけない息子よ、再びは生まれてくるんじゃないぞ！　哀れな子よ、むしろお前を白い煙にしてはらはらと翔ばしてしまおう！

妻　（両手で顔を覆ってすすり泣く。）ね、お願い、もう止めて下さい。

イシク　私は君を引きとめはしない！（小さい青年に）そうだ、君達の暗号がぴったりだ！　この家は火葬場なんだ。全く生きている人間の住むところではない。（妻に）さあ、行け！　私は君がこの火葬場を出て行き真の命のあふれる人間らしく生きることを願っている！

妻　（部屋の方へ走って行って）荷物をまとめて来るわ。もう本当にこの家から出て行きます！

イシク　（乳母車を円形に押して回りながら）坊や、可哀相な坊や、母ちゃんにバイバイしな！　父ちゃんは母ちゃんにいったんだ。ここは火葬場だって、生きている人間がいるところではないと、本当に生きて行くのならここを出て行けって！

（玄関の戸を開けてスヌンが憔悴した姿で入って来る。）

スヌン　彼女は……売女だ……

イシク　まるで幽霊のようになって帰って来たな！

スヌン　（椅子にどかっと座りこんで）俺は編集長が教えてくれたホテルに彼女を尋ねて行った。そしてロビーで夜明けまで彼女の出て来るのを待ったんだよ。

小さい青年　まるで三文小説のような真似をされたんですね！

スヌン　朝になっても彼女は出て来なかった。俺はずっと待ち続けた。ところが陽が天高く昇って真昼になっても彼女は発行人と部屋に引きこもっているんだよ。やっと陽の沈む頃になって初めて会うことができた。それも俺の全財産である腕時計を外してホテルのボーイにあげて、メモをこっそり渡してくれるように頼んでさ。

イシク　そうだ、俺が翻訳した恋愛小説と内容がそっくりだ！　彼女をホテルに尋ねて行った男はいいたいことを一杯かかえたまま、何にもいえないで、女は何しにこんなところまで訪ねて来たのかとつっけんどんに聞く場面があった！

スヌン　彼女は俺を見ると何のために来たのかだとさ。俺は硬張《こわば》ってしまった唇を噛み締めてかろうじて何言《なんこと》か話したよ。私はあなたを、あなたも私を愛している、だからもう非人間的な汚い関係を清算して誠実に生きることにしよう……

小さい青年　彼女はそんな言葉は聞き入れませんよ。実は我々も忠告してみたんですよ。

スヌン　君達もそういったって？

小さい青年　もちろんですとも。しかし個人的愛を感じてではありません、我々を応援してくれる女性に同志的立場で忠告したのです。

イシク　それは恋愛小説とは違う内容だな。それから？

小さい青年　（肩をそびやかすようにして、スヌンをさして）その結果はこの方に聞いてみて下さい。

スヌン　彼女は深刻な表情になった。そうして自分はどんな人とも愛の関係を望まないということだ。彼女が望むのは苦痛を受け、虐げられ、罰を受けるそんな関係なんだと。

イシク　では彼女は売女ではない。聖女だよ。聖女は楽しみを願わず、幸せを欲せず、むしろ自分を残酷に拷問する人間にすべてのことを惜しみなく捧げるのだ。なあ、お前を受け入れてくれなかったからといって彼女を責めてはいけない。

スヌン　さてね、彼女は俺にどんなことをしたと思う？　その苦痛を受ける代価として俺に編集長の椅子を用意してやったからがんばりなさいというんだ！

イシク　それでお前はなんと答えたんだい？

スヌン　私がそんな椅子を望んでいるもんかと叫んでやった！　彼女は俺をなだめようとしたよ。その編集長をやってこそ次に文学雑誌の創刊がかなうんだと。その瞬間俺は悟った。彼女は俺を苦しめようとして、そのくだらない恋愛小説大全集を出させるための椅子に座らせようとしたのだ。彼女は本当に売女なんだ！　自分自身の苦痛を楽しむばかりでなく他人までも苦しませて楽しもうとするたちの悪い売女だよ！
イシク　お前はその編集長の椅子を断ってはならん。明日からすぐ出勤しろ！
スヌン　俺は絶対そんなことするもんか！
イシク　よく聞けよ、これは冗談ではないぞ、お前には明日からこの家を出て行ってもらうからな。
スヌン　お前までも……家を出て行けっていうのかい？
イシク　正直のところ、俺はお前にがっかりしたよ。犠牲的な女性を売女よばわりして罵るのも聞きたくないし、面倒な仕事は引き受けたくないというその恥知らずなざまも見たくない。（机に行って引き出しを開け睡眠剤のビンを取り出して）苦しかったらこれを飲め。
スヌン　お前はまったくひどいな！
イシク　（錠剤を取り出してざっと数えながら）ひい、ふう、みい、よう、いつ、ユートピア五粒だ。さあ飲みな。今夜、俺の哀れな子供が死んで帰って来た。お前一人だけが苦しいんじゃないんだ、どうか静かにしてくれ。
スヌン　（睡眠剤の粒を受け取って）悪かった、ひどいことして……
イシク　思い通りにならなくておおげさにふるまい悲鳴をあげたりするのは恥ずかしいことだ。おとなしくして、薬を飲むんだ。

（部屋の方からイシクの妻がトランクを持って出て来る。）

妻　あなた、私にもユートピアを下さい。

イシク　なんで？　君は今家を出て行くつもりじゃなかったの？

妻　今夜は何もすることができないわ。明日の朝までぐっすり眠りたいの。

イシク　（妻に睡眠剤の粒をわたす。）今夜の君の安らかな眠りのために！

妻　ありがとう。（薬をうけとって飲み込み、スヌンに）水を持って来ましょうか？

スヌン　（粒を口に入れる。）いいえ、私はこのまま飲みますから。

（玄関の戸が開く。傷だらけになった青年がふらつきながら入って来る。）

大きい青年　ちきしょうめ！　おしまいだ！

小さい青年　一体何があったんだい？

大きい青年　完全に負けだ、我々は！

小さい青年　詳しく話してくれよ！

大きい青年　（椅子にどかっと座りこみ首をはげしく振る。）万事うまくいってたのにさ、家族達を引き入れて泣き落としをかけるもんだから事態が急変したんだ。こそこそと、籠城をやめて抜け出して行くんだ。それで外に出られないようにしようと門の前にバリケードをはった！　そうしたら様子がおかしくなった！　籠城をやめて出て行こうとする者と続けようとする者達がたがいに別れて殴り合いの喧嘩が始まった！

小さい青年　なんで俺に報らせてくれなかった？　状況がそのように変わったなら電話してくれなくては！

大きい青年　電話なんかしてる暇があるかよ？　もう修羅場なんだから！
小さい青年　情けないな！　仲間うちで喧嘩したなんて！
大きい青年　始めから、我々の判断が間違っていたんだ。闘争が何かもわからない奴らを率いてストライキを始めたことが、こんないまいましい結果を招いてしまったのだ。
小さい青年　ほかの仲間たちはどこにいるんだい？
大きい青年　知らない。たぶんみんなにげてしまったろう。
小さい青年　全く悲惨だな！　せい一杯、こんな有様を見るために闘争したのではないのに！
大きい青年　（服を裂いて傷を負った足を縛りながら）もっと悲惨なことを聞かせようか？　仲間うちで喧嘩していたら会社側の幹部の奴らが面白そうに見物していたんだよ。
小さい青年　そいつらが見物していたって？
大きい青年　そうだったんだよ、総務部の部長とかいう顔の青白い奴がマイクに向かってとてもうれしい報らせを発表いたします、と叫んだんだよ！
小さい青年　どんなうれしい報らせなんだ？
大きい青年　三・五パーセントの給料アップをお報らせいたします、まるでペテン師だったよ！
小さい青年　全く信じられない！　まる十日間も断食籠城して得たことがやっとこれか？
大きい青年　ところが籠城していた奴らがみんな感激してわあーと歓声をあげたんだ！　救いようのない馬鹿な奴らだ！　たった三・五パーセントのアップで感激している奴らのために、命まで懸けようとしていた我々が馬鹿だったのさ！
小さい青年　いや、そうなればなるほど我々は一層勇気を出さねばならないんだ！

大きい青年　勇気を出すということも限界があるんだ。お前はここで電話を受けながら指示を出していただけだから現場の雰囲気がわからない！　彼らは決して我々を自分達と同じ者達だとは思っていない。

小さい青年　一体何をいってるんだ？

大きい青年　体をこき使って働いたこともなく、妻や子供たちとともに飢えた経験もない、自分達とは全然異なる種族として取り扱うのだ。雀の涙程のたった三・五パーセントがなんだというんだ、続けて完全な勝利を収めるまで闘おうといったのに彼らは我々が腹がいっぱいだからそんなふうにいうんだとさ。まる十日間の断食のため痩せ細った人たち、押し寄せて来て泣きすがる女房や幼い子供達、彼らが口を揃えて叫んだんだ。苦労知らずの金持ちのぼんぼん達、どうかかまわないで引き下がってくれ――本当にどこかに穴があったら入りたい気持ちだったよ！

イシク　（睡眠剤をとりだして与えながら）こんな時にはこれを飲めばいいよ。（小さい青年に）今晩は君達にもこれが必要のようだね？

小さい青年　（腹をたてた表情で首を横に振る。）私も飲むんですか？

イシク　無理に飲んでもらわなくてもいい。これを飲んだからといって怒りと絶望が消えるわけでもないんだ。ただ一晩安らかになろうというのさ、幸せなユートピアのような。（錠剤を取り出して二人の青年に手渡す。）君達、互いに見つめ合ってみな。血まみれになった格好も可笑しいが気が狂ったみたいに怒っている姿もみっともなくはないか？　君達はお互いにユートピアを飲ませなさい。そしてお互いの傷と怒りをいたわり合って眠るんだ。

（イシク、乳母車に近づいて小さな棺を眺める。）

イシク　今晩は俺はどれだけ飲めばおだやかに眠れるのだろうか？（睡眠剤の錠剤を取り出してゆっくりと小さな棺の上に一列に置きながら）ひい、ふう、みい、よう、いつ、むう、なな、やあ、ここのつ、とお、……ユートピアよ、哀れな私達に一晩の安らかな眠りと美しい夢をあたえて下さい。（顔をひどくしかめて薬を一つずつ飲み込む。）さあ、こうして……みんなも飲んだね。それでは適当な場所を見つけて横になりなよ。しばらくすると殴り倒されたように効果があらわれるだろうから。（睡眠剤に貼ってあるレッテルを眺める。）ところでこのビンには、一度にたくさん飲むと死ぬと書かれてある。しかし私のように長い期間飲んで来た者には死ぬことが免疫になっているようだ。死の代りに眠りに入る前にとんでもない幻覚作用が起こるんだ。（幻覚作用があらわれて）ああ、まさにこれだ。見えなかったものが見えて、聞こえなかったものが聞こえて、黙っていた者が声をあげるんだ！（乳母車を押しながら）坊や、お前にもあの光景が見えるだろ？　あの声が聞こえるだろ？　閉ざされていたものが開けられ、塞がれていたものが開けられ、暗やみが明るくなり、沈黙していたものが口を開く！　ユートピア！　我々がいつも可能だと信じながらも、ただの一度もかなわなかったこの素晴らしいユートピア……（急に眠気が来てどっと倒れる。）しかしまた目がとざされ……耳が塞がれ……口をつぐんだまま……（ある限りの力を出して起き上がりふらふらと乳母車を押しながら人々の眠っている間を通り過ぎる。）見えることもなく……みんなが眠り込むんだな……

（イシク、再び倒れる。倒れた姿勢になって何回か上半身を起こそうとするがやめる。照明が暗くなる。家を取り巻いている半円形の背景幕に描かれた登場人物の形だけが見える。しばらく後に、ゆっくりと幕が降りる。）

——幕——

寧越《ヨンウォル》行日記

登場人物

チョダンヂョン
キムシヒャン
ヨンムンヂ
プチョンピル
イドンギ

場所　チョダンヂョンの家
時間　現代

チョダンヂョンは古書籍収集と研究にかなりな業績を積む、その分野では認められた専門家である。年は四十歳、目鼻だちのはっきりした顔で若干痩せた体つき、まだ独身である。彼は古書の研究同友会会員たちと頻繁に会合をもっている。ヨンムンヂ、プチョンピル、イドンギたちはその会員である。彼らの中には大学で古文献学を講義している教授もおり博物館の古文書担当の職員もいる。キムシヒャンは古書研究会の会員ではない。彼女は古文の解読は出来ない。しかし、彼女は豊富な想像力の持ち主で、年は三十歳、成熟した美しい容姿、既婚者である。

チョダンヂョンの家の書斎は古書研究会の集会場として使われる。古書籍を集めて来て入れておく二個の古風な書棚、会議用円卓と椅子、電話機と録音機がのっている文机がある。書斎の左の方には外部へ通じる、正面後には別の部屋へ通じる引き戸形式の戸がある。引き戸は二方向両側に開けしめできるようになっているが、その戸が開けられると別の部屋の内部が見える。

書斎の天井は採光と換気のため円いドーム形の天窓になっている。朝、昼、夕方にしたがってその窓ガラスから入って来る日差しの強弱が違ってくる。

この演劇の登場人物におとらず重要な役割をするのが驢馬と少年像である。驢馬は車がついていて動く。驢馬と少年像の人形を作るに当たって注意する点は、この二つともあまり具体的な形ではいけない。驢馬は乗って動く機能的側面をいかせばよく、少年像は体を抽象的にして顔の輪郭だけははっきりする必要がある。

第一場

（天井の円いガラス窓から正午の強烈な日差しが垂直に落ちている。チョダンヂョン、書棚に行って『寧越行日記』を取り出す。古書籍研究会会員達が円卓を囲んで座っている。チョダンヂョンは彼らに取り出した本を持って行く。）

チョダンヂョン　君たちには私の気持ちがわかるだろうか。私はこの本を見た瞬間胸が高鳴ったよ。どきん、どきん、どきん、どきん、まるで心臓が飛び出しそうだったよ！

ヨンムンヂ　わかる、我々もわかるよ。道を歩いていて偶然金塊を拾った気分だよ。

プチョンピル　それ以上だよ。深い海の底に入って宝物を引き上げた気分、でなければ空の上から星をとって来たような気分じゃないか。

イドンギ　だけど興奮してはならない。まず心を落ち着けてこの本が本物かどうか確認しようじゃないか。

プチョンピル　疑わしいのかい？

イドンギ　このような珍しい古書籍ほど偽造されたものが多いんだ。先日私が求めた本、皇甫仁《ホワンボイン》と金《キム》宗瑞《ヂョンソ》の文集が全部偽物だったんだよ。

チョダンヂョン　だから私は丁寧に調べたんだ。（表題を読む。）寧越行日記……所々に染みがあるけれどもこれくらいならば状態も良好だし……（本を広げる。）本の内容は寧越を往き来して書いた日記だが、年代を見たら、朝鮮王朝七代王の世祖《セジョ》三年なのだ。世祖三年は西暦にすると一四五七年だ。だから実に五百年前に書かれた本だが、さらに驚くのはこの日記の文字を見てみろ。漢文ではなくすべてハングルで書かれていることなんだ。

ヨンムンヂ　その日記を書いた人は誰なんだ？

チョダンヂョン　うん、申叔舟《シンスクチュ》の下男だ。

ヨンムンヂ　申叔舟の下男……？

イドンギ　まさにその点があやしいんじゃない？　世祖三年にハングルで書いた日記本というのが……ハングルはその当時には集賢殿の学者たちの間でも使用されていた文字で、そのような文字で全く無学な下男が一冊の日記を書いたなんて信じられるかい？

チョダンヂョン　だがこの日記を書いた人物は無学だったんじゃない。たとえ身分は卑しくても知恵があった。

ヨンムンヂ　賢い下男がハングルを習い日記を書いた……そうだな、その可能性があることはどうも疑わしいが……全く可能性がないというのもなにか……

プチョンピル　申叔舟の下男ならばその可能性は十分だ。申叔舟はハングルを創った学者たちの一人だったからな、自分の家の下男たちにその文字を学ばせ習得させるようにもしただろう。

ヨンムンヂ　たしかにそれもありうるな。

イドンギ　偽物ほどそれらしく作るもんだよ。考えてもみな。申叔舟の下男が五百年前に書いた日記、それも純然たるハングルで書いた最初の日記というんだから……この本は明らかに偽物だよ。

プチョンピル　そうあわてて断定してはいけない。
イドンギ　（円卓から立ち上って後へさがりながら）誰かが一所懸命頭を使って作ったんだな！　大変な稀覯本に見えるように、そして高い値段で売り払ってしまおうとこしらえたものだよ！
プチョンピル　君はこの本を読んで見てもいないだろ？
イドンギ　読む必要なんかない！
プチョンピル　詳しく読んでから判断しなくては、そうじゃないか？
チョダンヂョン　じつは私が君たちにお願いしたいことはまさにそれなんだ。我々がこの本の内容を検討してみて、客観的に立証できる他の資料を探すことだ。もしそのような資料が発見されればこの本は本物であること間違いなしだからな。
プチョンピル　よし、私は喜んで同意しよう。
ヨンムンヂ　（ちょっと考える。）私も同意する。
チョダンヂョン　（イドンギへ）君は？
イドンギ　（首をはげしく振る。）そんな必要ないというのに！
プチョンピル　こいつはひどく腹を立てているんだ。先日買った本が全部偽物だったからなんだ。
チョダンヂョン　腹立ちを押さえて私を助けてくれよ。
イドンギ　この本の出所はどこ？
チョダンヂョン　私の行きつけの書店。
イドンギ　仁寺《インサ》洞《ドン》の？
チョダンヂョン　うん。

イドンギ　誰かが売ってくれといって書店に置いていったものだろう。問題はその誰かなんだが、たしかな身元を知って買ったの？
チョダンヂョン　いや……
イドンギ　どうして？
チョダンヂョン　書店の主人が身元を明らかにすることは出来ないというんだよ。
イドンギ　正体不明から買ったものなんだな……値段はどれくらい出したの？
チョダンヂョン　七五〇万ウォン。
イドンギ　七五〇万ウォンも……？
チョダンヂョン　安く買ったものだ。
イドンギ　なんてこった！　こんな偽物の本にそんな大金を支払うなんて！
チョダンヂョン　私は本物だと信じる。
イドンギ　聴いてただろう、君たち？　この本を研究することは時間の浪費だ！
ヨンムンヂ　（イドンギにいう。）ちょっと待ってくれ。我々の古書籍研究同友会の会則によれば会長は会員たちの意見を調整する権限がある。（手のひらで円卓を叩いて。）会長である私は『寧越行日記』を我々の研究対象とすることに決定する！
イドンギ　それならばひとつ条件を付けたい。
ヨンムンヂ　それはどんなこと？
イドンギ　鋏でこの本の片隅を切ってもらいたいのだ。化学処理をして見れば、この本の紙が昔作ったものか最近作られたものか確実に判明する。いずれにしろ私の条件はそれだ。本物である場合にのみ研究する価値があり、偽物ならばその必要はない。
チョダンヂョン　（円卓から立ち上がり）もっともなことだ。
ヨンムンヂ　どこへ行くの？
チョダンヂョン　鋏を持ってくる。（チョダンヂョン、文机に行って引き出しを開け鋏を探す。）
プチョンピル　（イドンギに）君は全くひどいな。
イドンギ　どうして？　確実にしようとすることがどうしていけない？
プチョンピル　立場を替えて考えてみろよ。君がこのような稀覯本を手に入れて喜んでいる時に、鋏で切り取れと……
（チョダンヂョン、鋏をもって円卓に戻って来る。彼は『寧越行日記』を慎重にひろげて調べていたが、文字のない空白部分の片隅を切りとる。その時彼は鋏で傷をおう。）
チョダンヂョン　これは間違いなく私の生肉だ。
ヨンムンヂ　痛いだろうに……
プチョンピル　ああ、血が流れてるじゃないか！
チョダンヂョン　なんでもないよ、紙を切っていてけがしたんだ。（切り取った紙をイドンギに渡す。）いつ頃判るかい、結果は？
イドンギ　そうだな、二、三日中に判るだろう。
チョダンヂョン　結果が出てからもう一度集まろう。
ヨンムンヂ　場所は？

チョダンヂョン　ここ、私の家で。

（ヨンムンヂをはじめ古書籍研究同友会会員たち、円卓から立ち上る。彼らは一人一人チョダンヂョンと握手をして出て行く。イドンギは多少冷淡に、ヨンムンヂは中立的な、プチョンピルは友好的な感情をあらわす。チョダンヂョンは彼らをドアの前まで見送り円卓に戻り座る。彼は鋏で切った『寧越行日記』を痛む傷のように軽くなでる。彼の鋏で怪我した左手の指から血が落ちる。彼はハンカチを出して傷を包む。舞台照明、暗転する。）

第二場

（天井の円い窓は暗い。書斎の真ん中に二個の椅子が四、五歩の距離で置いてある。チョダンヂョンとキムシヒャン、その椅子に座り互いに見つめ合う。ライトが彼らをおのおの別に照らしだす。）

チョダンヂョン　なぜ黙っているのですか？

キムシヒャン　（沈黙する。）

チョダンヂョン　私に会いに来られた用件をお聞かせください。

キムシヒャン　あのぉ……ご存じで……

チョダンヂョン　よく聞こえません。

キムシヒャン　（顔をあげて若干声を高くして話す。）私がなぜ来たかは……

チョダンヂョン　気を楽にしておっしゃってみて下さい。

キムシヒャン　私がなぜ来たかは先生はすでにご存じでしょう……

チョダンヂョン　さあ、私が何を知っているんでしょう？

キムシヒャン　先生、私は『寧越行日記』のために来ました……かなり昔の本なので高く売ることができるだろうな……そう思って仁寺《インサ》洞《ドン》のある古書店に売ってほしいと密かに頼んだのです。ところが……先生がその本を買って行かれたのですね……

チョダンヂョン　（緊張した態度になって）私が買いましたけど？

キムシヒャン　（ふたたび声が低くなる。）その本を……取り戻したい……

チョダンヂョン　聞こえません。もう少しおおきな声でおっしゃって下さい。

キムシヒャン　その本を取り戻したいのです。

チョダンヂョン　『寧越行日記』を返してもらいたいと？

キムシヒャン　はい……

チョダンヂョン　それなら無駄足をされましたね。他のものでしたら買ってから売って譲り渡すこともできますが、古書籍はそういうことができません。一旦取引が済むと売った人が誰で買った人が誰か、それさえ不問に付すことになっているんです。

キムシヒャン　古書店の主人もやはりおなじことをおっしゃいました。その本を買った方を教えて下さいと頼んだらとてもひどく腹を立てられて……何日もお願いしてやっとわかったんですよ。先生、お願いします。もし私がその本を取り戻すことができなければ本当に大変な苦境に立たされてしまうのです。

チョダンヂョン　だめです。お返しすることはできません。

キムシヒャン　その本は……私が盗んだものなのです。

チョダンヂョン　泥棒したものだ、そういうことなのですか？

キムシヒャン　（首を縦に振る。）

チョダンヂョン　盗品を売り買いすれば法にふれます、その程度の常識ぐらいは知ってます。（椅子から立ち上がり古書籍を入れてある書棚に行く。）この本をご覧下さい。ここにいっぱいある本は、監獄を恐れていては集められないものです。

キムシヒャン　ですけど、私がどこから盗んで来たものかおわかりになれば……驚かれるでしょう。

チョダンヂョン　どこから盗んで来たんですか？

キムシヒャン　私の……家……

チョダンヂョン　聞こえません。

キムシヒャン　（声を高くして話す。）私の主人の家から盗みました。

チョダンヂョン　主人の家ですと？

キムシヒャン　はい、その本は私の主人のものです。私は恐くなって告白したんです。本を売ったお金はすでにみな使ってしまったと。私の里の両親が他人の借金の保証をした過ちで、代りに払わなければならなくなったんです。主人は恐ろしいほど怒って大声でどなったんです。「体を売ってでも必ずその本を取り戻して来い！」（椅子から立ち上がると上着を脱ぐ。肩と胸の一部が現われる。）私の体を見て下さい、先生。私が七五〇万ウォンの価値があるでしょうか？

チョダンヂョン　さて……

キムシヒャン　答えて下さい。

チョダンヂョン　遺憾ながら私は現代の人間の見方を知らないんです。もしかしたら昔の、ですからあなたが数百年前の人間ならば幾らでもいわれる値段で買うでしょうが。失礼ですが今、年齢はお幾つですか？　三百歳？　四百歳？　五百歳？

キムシヒャン　先生、私は冗談をいってるのではないんです。

チョダンヂョン　最小限百年以上になっていなければなりません。それでこそ骨董品的価値があるのです。
キムシヒャン　（椅子に座り込む。）失望しました……
チョダンヂョン　どんなことを期待してらしたんですか？
キムシヒャン　（沈黙する。）
チョダンヂョン　おっしゃってごらんなさい。
キムシヒャン　（脱いだ上着を着て）先生は私の言葉を全く聴いていらっしゃらないんです！
チョダンヂョン　いいえ、聴いていました。
キムシヒャン　始めっから聴く気がなかったんでしょう！
チョダンヂョン　私は今まで注意して聴きました。奥様は低い声で、聞き取りにくく話し始めましたでしょ。（円卓に行ってその上にある『寧越行日記』をとってくる。）この本が非常に古いものなので高い代金をもらえそうだな、そして仁寺洞の古書店に出して置いたところ、買って行った人がいた……それから奥様は若干声を大きくしてこの本を返して欲しいといいました。私は断りましたね。他のものならば戻すこともできましょうが、このような古書籍はそれができないと。そうしたら奥様は服を脱いで自分の体が幾らぐらいになるかと訊ねられたんです。
キムシヒャン　けれども最も重要なことが抜けていますね。
チョダンヂョン　何が抜けていますか？
キムシヒャン　恐ろしさです。
チョダンヂョン　恐ろしさ……

キムシヒャン　先生は私が今どんなに恐がっているかご存じないでしょう。その本を探して持って帰らないと……私の主人は私を殺すでしょう。
チョダンヂョン　殺すですって？
キムシヒャン　はい。あの人はきっとそうするでしょう。
チョダンヂョン　奥様のご主人はどなたですか？（円卓の上の『寧越行日記』をひろげて見る。）実は私もその方がどなたか気にかかっていました。このような稀覯本を持っていらっしゃったのならば、古書籍に対する専門知識が相当なものでしょうからね。
キムシヒャン　彼は古書籍を全く読むことはできません。
チョダンヂョン　読めない……？
キムシヒャン　彼にとって古書籍はただたんに値段の高い骨董品、昔の青磁だとか絵だとかそのようなものの中の一つにすぎません。
チョダンヂョン　他の骨董品もたくさんあるのならば、奥さんはなぜよりによってこの本を盗んで売ったのですか？
キムシヒャン　すべてのものが私の主人の所有物です。私が他のものを、陶磁器や絵を盗んで売っても主人は怒ったでしょう。
チョダンヂョン　なるほど。
キムシヒャン　しかし、彼はすべての物の外観を所有するだけで中身は少しも所有できませんでした。その本もそうです。どんな内容か判りもしないでただ持っていられたのです。
チョダンヂョン　ですからいっそう気になるんですよ。すべてのものの形態だけ持っている主人、内容は全く持てないその人とはどなたですか？
キムシヒャン　私の夫なのです。
チョダンヂョン　え？
キムシヒャン　私もやはり彼の所有物なのです。
（文机の上の電話機が鳴る。チョダンヂョン、キムシヒャンにちょっと待つようにと身振りで示して受話器をとる。）
チョダンヂョン　もしもし？　ああ、君か！　うん……うん……その紙を化学的に分析した結果……そう気をもませないで結果を話してくれよ。うん……『寧越行日記』が本物だと判明したんだな！　ありがとう、連絡してくれて！　じゃあ、家でみんなで会おう！
（チョダンヂョン、電話を切る。キムシヒャンはその間椅子から立ち上って円卓に行く。彼女は『寧越行日記』を持ち去ろうとするようにとりあげる。）
チョダンヂョン　どこまで話しましたっけ？
キムシヒャン　私は夫の所有物、彼は主人で私は下女です。彼の関心はただ私の外見だけ……心のうちがどんなかは少しも判ろうとはしません。先生、私を助けて下さい。私にはこの本が必要なのです。
チョダンヂョン　奥さん……その本をこちらに下さい。
キムシヒャン　（震える手で『寧越行日記』をチョダンヂョンに戻す。）済みません、先生……
チョダンヂョン　奥さんの気持ちを理解できないではありません。しかしもうお帰り下さい。
キムシヒャン　先生……

チョダンヂョン　今日はこれ以上話してもしょうがありません。
キムシヒャン　では……明日は？
チョダンヂョン　明日ですと？
キムシヒャン　明日がだめでしたら明後日また来ます。
チョダンヂョン　奥さん……
キムシヒャン　いつまた伺いましょうか？
チョダンヂョン　今週は全く時間がありません。火曜日には博物館の諮問会議、水曜日は全国古書籍協会の定期総会、木曜日と金曜日は講義……ぎっしり埋《つ》まっています。
キムシヒャン　次の週では？
チョダンヂョン　そうですね、次週の水曜日は午後が空いていますけど……
キムシヒャン　午後何時ごろでしょうか？
チョダンヂョン　三時から五時の間……でもまた無駄足になると思いますけれど？
キムシヒャン　有難うございます、先生。来週の水曜日午後三時に改めてお目にかかります！
（キムシヒャン、チョダンヂョンに頭を下げ挨拶をして出て行く。舞台照明、暗転する。）

第三場

（チョダンヂョンは書斎の真ん中で明るい日差しをうけながら驢馬の模型を組み立てている。驢馬の胴体、頭と尻尾、四本の足を差し込む。驢馬の足には引いて歩きやすいように車が取り付けられている。ドアを叩く音がする。チョダンヂョンは作業を続けながらドアに向かって叫ぶ。）

チョダンヂョン　お入り下さい！　鍵は開いてますから！

キムシヒャン　（ドアを開けて入って来る。）おじゃまします、先生。

チョダンヂョン　済みません。これを作っていたもんですから開けてやれなくて。

キムシヒャン　（チョダンヂョンが作っているものをしげしげと見て）これ、なんですか？

チョダンヂョン　驢馬です。

キムシヒャン　（声をだして笑う。）驢馬ですか……？

チョダンヂョン　ええ、驢馬のようにみえませんか？

キムシヒャン　そうですね、見れば見るほど可笑しくできてますね！

チョダンヂョン　（驢馬のそばに置いてある『寧越行日記』を手にとって）これ、この本に書いてある通りに作ったんですよ。（本を広げて読む。）「申叔舟卿《シンスクチュ》の下男である私は歩くことにし、韓明澮卿《ハンミョンフェ》の下女は驢馬に乗ることにした。驢馬は小さな体付きに比べて二つの耳が際立って大きく、毛並みは灰

　黄色で、肩と足に縞模様があり、尻尾は長い。驢馬の従順そうでも怜悧な目は、人間の心を隈無く見透かすようである。」
キムシヒャン　この本にそんな驢馬が書いてあるなんて、私は初めて聞きます。
チョダンギョン　この驢馬に乗って下さい。
キムシヒャン　私が……乗るの？
チョダンギョン　ええ。
キムシヒャン　なぜ驢馬に乗らなきゃいけませんの？
チョダンギョン　奥さんが帰られた後で私はよっく考えてみました。そして……決心しました。この本を奥さんのご主人にお返しすることにね。
キムシヒャン　有難うございます、先生。
チョダンギョン　しかしこの本の形態だけをお返ししようと思います。
キムシヒャン　形態だけとは？
チョダンギョン　内容は私たちが持つのですよ。
キムシヒャン　どういう意味でしょうか……？
　（チョダンギョン文机の上にある録音機のボタンを押す。〃コケコッコー〃暁を告げる鶏の声が聞こえる。）
チョダンギョン　早く、驢馬に乗って下さい。さあ奥さんと私は『寧越行日記』の内容を私たちのものにして行きましょう。
　（キムシヒャン、もじもじするばかりで乗らない。チョダンギョンはキムシヒャンを強制的に抱き抱えて驢馬に乗せる。)

チョダンヂョン　鶏が夜明けを告げているじゃないか！　これ以上ぐずぐずしている時間はない！

キムシヒャン　先生もお乗り下さい。

チョダンヂョン　二人乗ったら重たくて驢馬は歩けない！

(チョダンヂョン、車のついている驢馬の手綱をとって歩きはじめる。彼の歩みがだんだん早くなり呼吸が荒くなる。)

キムシヒャン　止めて下さい！

チョダンヂョン　だめだ！

キムシヒャン　止めて下さい、お願い！

チョダンヂョン　だめだといってるだろ！

キムシヒャン　目が回って我慢できません！

チョダンヂョン　我慢！　我慢しろ！

(チョダンヂョン、一層早く走る。キムシヒャンは引かれる驢馬にしがみついて悲鳴を上げる。チョダンヂョンは疲れてふらつく。彼は歩みを止めて激しく息をつく。)

チョダンヂョン　ハッ、ハッ……苦しい……少し休もう……ところでここは何処だろう？

キムシヒャン　私たちはただ回っていました。部屋の中をぐるぐる回って元のところに止まったのです。

チョダンヂョン　そうじゃない、かなり遠くに来たんだ。

キムシヒャン　私の持ち物がありませんわ！

チョダンヂョン　ない……何が？
キムシヒャン　私が持っていたもの全部です！　驢馬に乗る前までには確かにあったんですよ！
チョダンヂョン　本当に何にもないの？
キムシヒャン　ないんですよ！
チョダンヂョン　そんな……走っている間に落としてしまったようだが……
キムシヒャン　（驢馬から降りて辺りを見回す。）あそこにハンドバッグがおちて開いたままになっていますね。化粧品は飛び出し手鏡は割れています。（散らばっている品物を拾いハンドバックに入れる。）さっき止めて下さいと頼んだ時止めていればこんなことにはならなかったでしょう。
チョダンヂョン　あの時は止める情況ではなかった。
キムシヒャン　先生は私を驢馬に乗せた時からぞんざいな言葉遣いになられましたね。
チョダンヂョン　（『寧越行日記』を広げてひと所をさす。）それが気になるならこれを読んでごらん。
キムシヒャン　私は昔の字は読めません。
チョダンヂョン　だったら私が読もう。「寧越へ行くあいだは我々は夫婦のふりをしなければならなかった。」
キムシヒャン　夫婦ですか？
チョダンヂョン　人々の目に怪しまれないようにしろというのだ。（本を読む。）「ご主人はおっしゃった、お前たちに頼むこの仕事は極めて隠密なことであるから誰にも知られないようにやれ。」
キムシヒャン　いったいどんな仕事なんですか？
チョダンヂョン　寧越に幽閉した王、端宗《タンヂョン》を探ってこいということなのだ。王と大臣たち、そういう高い身分の方々が直接行ってみる訳にもいかず、貴族出身の人を行かせれば利害関係に従って見たことを歪曲させるおそれがあるし、そこで我々のような取るに足らない下男と下女を選んだのだ。（本を読む。）「お前たち二人をやるのは万がいち、一人では見誤る危険があるからだ。お前たちが寧越で見たことだけをありのまま話せ。そうすればお前たちの欲しいものを褒美として与えよう。」（本を閉じてキムシヒャンに尋ねる。）あんたは何を望むかね？

キムシヒャン　そうですね……何がいいでしょうか……

チョダンヂョン　私が欲しいのはただひとつ、自由だ。

キムシヒャン　自由……？

チョダンヂョン　下男暮しから解放されること、この世の中でそれ以上良いことはない！（驢馬を引いて来てキムシヒャンの前に止める。）さあ、休むのはこれくらいにして行こう！（キムシヒャン、しばしためらっていたが驢馬にまたがる。チョダンヂョンは驢馬を引いて行く。）

キムシヒャン　お願いですゆっくり行って。目が回ってびっくりしましたわ。

チョダンヂョン　寧越は果てしなく遠い。行きだけでも七百里、帰りが七百里、あわせて千四百里の道程だ。

キムシヒャン　本当にずいぶん遠いんですね！

チョダンヂョン　退屈したら景色をながめてな。

キムシヒャン　景色をですか？

チョダンヂョン　千四百里の道中が全部見られるよ。

キムシヒャン　私の目には何にも見えません。

チョダンヂョン　心の目で見るんだ。
キムシヒャン　（沈黙する。）
チョダンヂョン　昔の子供の頃を思い出さないか？　暖かな春になれば子供たちはほんとに喜んだものだ。草木には青々と新芽が伸びて、美しい花が咲いた。寒い冬の間、家の中で蹲《うずくま》っていたのが外へ出て見られるようになったその眩《まぶし》い光景、まるで盲人が目が見えるようになった瞬間のようななんとも不思議な驚きだった。あ、あそこの蝶々を見ろよ！
キムシヒャン　（両手で目を覆い）黄色い蝶ですか？　白い蝶ですか？
チョダンヂョン　どうして目を塞いで聞くんだ？
キムシヒャン　昔大人たちがおっしゃっていました。その年初めて黄色い蝶をみれば運が良くて、白い蝶を見れば運が悪いと。
チョダンヂョン　じゃあ、そっと目を開けてごらん。
キムシヒャン　（覆った手をはなして虚空をみつめる。）まあ、黄色い蝶だわ！　一匹二匹じゃないわ！ここにも黄色い蝶！　あそこにも黄色い蝶！　みんな黄色い蝶の群れが私たちをとりまいているわ！
チョダンヂョン　あんた、最初は気乗りしなかったのに今は興味がわいたようだね。
キムシヒャン　先生もです。先生も面白がっていらっしゃる！
チョダンヂョン　私を先生と呼んではいけない。
キムシヒャン　ではなんと呼びますか？
チョダンヂョン　あんたと呼べ。
キムシヒャン　あんた……？

チョダンヂョン　あなたと呼ぶとか。
キムシヒャン　(笑いながら) ほほほ、あなた……
チョダンヂョン　この驢馬の奴も浮かれているようだ。休みなく鼻をひくひくさせて尻尾を振りまわしているよ。
(チョダンヂョン、引いていた驢馬を止める。)
チョダンヂョン　道が二またに分かれている……
キムシヒャン　寧越はどっちでしょう？
チョダンヂョン　東の方だ、江原道《カンウォンド》は。
キムシヒャン　あちら、南の方の道は？
チョダンヂョン　南の方の道を行けば全羅道《チョルラド》か慶尚道《キョンサンド》になるだろう。
キムシヒャン　(両手をあわせて頭を垂れる。)
チョダンヂョン　なにを祈ってるんだい？
キムシヒャン　あなたも祈りなさい。どの道を行けばよいか……
チョダンヂョン　さっき我々は幸運の象徴、たくさんの黄色い蝶の群れを見たじゃないか？
キムシヒャン　それだけでは足りないのです。
チョダンヂョン　あんたは気が弱いな。
キムシヒャン　こういたしましょう。驢馬の手綱を放すのです。あの二またの道で、驢馬が東の道を行けば私たちもその道を行って、驢馬が南の道を行けば私たちもその方へ行くのです。
チョダンヂョン　(驢馬の手綱を放す。そして驢馬の尻を力一杯押し出す。) 行け、驢馬や！　我々の運命はお前にかかっているぞ！

（驢馬、押し出される。キムシヒャンは驢馬に乗ったまま両足で床を蹴りながら駈ける。チョダンヂョンはその後を追う。キムシヒャンは捕まらないように駈けて、チョダンヂョンは捕まえようとする。まるで遊びのように続けられていたその光景は、チョダンヂョンが驢馬の手綱を摑むことで終わる。）

チョダンヂョン　捕まえた、捕まえたぞ！

キムシヒャン　（笑いながら悲鳴をあげる。）驢馬は東から来ましたの？　南の方から来ましたの？

チョダンヂョン　東から来た！

キムシヒャン　（乱れた髪をなであげながら）あまりに早く走ったので生きたここちがしないわ。

チョダンヂョン　（キムシヒャンの手を摑んで制止して）いや、そのままにして！

キムシヒャン　え？

チョダンヂョン　赤く上気した顔、乱れ落ちた髪、ゆるんだチマの襟元から覗く白い胸……あんたの様子は本当に綺麗だな。

キムシヒャン　恥ずかしげもなく……胸を見るなんて……

チョダンヂョン　私が下男暮しから解放されたら、その時はあんたと結婚しよう。

キムシヒャン　私は主人のいる身ですよ。

チョダンヂョン　あんたも自由をもらうんだ。

キムシヒャン　とんでもないことをいわないで下さい。ところで先生は……あなたは結婚していらっしゃいますか？

チョダンヂョン　いや。

キムシヒャン　どうして結婚しなかったの？

チョダンヂョン　私は愛のない結婚はしない。

キムシヒャン　愛がなくても人は結婚してうまく暮らすものです。

チョダンヂョン　どうやってうまく暮らすのだい？

キムシヒャン　食べること、着ることが充分なら暮らせるもんでしょ。

チョダンヂョン　私があんたを愛しているなら？

キムシヒャン　お願いですからそんなことはいわないで！　恐い私の主人が私も殺し、あなたも殺すでしょう！

（チョダンヂョン、だまって驢馬を引いて行く）

キムシヒャン　こうして何日も幾日も行くのですか？

チョダンヂョン　どんなに早くても半月はかかるだろう。

キムシヒャン　（童謡を歌うように）日が昇り、日が沈んだ、月が昇り、月が沈んだ、一日が過ぎ……日が昇り、日が沈んだ、月が昇り、月が沈んだ、二日が過ぎ……日が昇り、日が沈んだ、月が昇り、月が沈んだ、三日が過ぎ……三日かける五日は十五、もう半月が過ぎた……

チョダンヂョン　その間驪州《ヨジュ》、原州《ウォンジュ》、堤川《チェチョン》を過ぎたからもう寧越に着いた。（『寧越行日記』を広げて読む。）「我々は寧越の村に到着して反物屋を探して反物と糸を買った。」

キムシヒャン　どうしてそんな物を買うの？

チョダンヂョン　あちこち歩き回る行商人を装わなければならないからな。「別の店に寄って鋏と針も買った。」

（チョダンヂョン、驢馬を文机の前に引いて行く。彼は文机の中に準備しておいた風呂敷包みを取り出して太い帯でくくって背中に背負う。）

チョダンヂョン　私が本物の行商人に見えるかい？

キムシヒャン　そうですねえ……

チョダンヂョン　端宗《タンヂョン》の目にはそう見えなくてはならないんだが……

（チョダンヂョン、再び驢馬を引いて行く。）

チョダンヂョン　あともう少し行けば清冷浦《チョンニョンポ》だ。

キムシヒャン　清冷浦……？

チョダンヂョン　うん、端宗が監禁されている所だ。（『寧越行日記』を読む。）「寧越の清冷浦はこの世で最も辺鄙な場所、険しい絶壁が後方を塞ぎ、平昌川《ピョンチャン》が曲がりくねって前と横を塞いで流れているので、翼のある獣でなければあえて抜け出す考えさえ浮かばなかった。」

キムシヒャン　ひどいことですね！

チョダンヂョン　どんなに辛く寂しいことだろうか？　王の座を奪われたことも無念だろうに、妃とも無理矢理離別させられ、一人で離れて過ごさねばならないなんて……

キムシヒャン　あそこを見てよ！　川の水が見えるわ！

（チョダンヂョン、驢馬を止める。）

チョダンヂョン　あの川をどうやって渡るんだ……？

キムシヒャン　渡し船がないかさがしてみて下さい。

チョダンヂョン　舟は見えない、一艘も。
キムシヒャン　ではどうやって渡りましょうか？
チョダンヂョン　なにか方法があるだろう。（『寧越行日記』から引用する。）「清冷浦《チョンニョンポ》を護っている兵士たちが、川に丸木橋のような〈浮橋〉を架けておいたが、やっと一人が渡れる程度だった。」あんた、驢馬から降りて。私が先にあの橋を渡るから後から来い。
キムシヒャン　いやです。
チョダンヂョン　では順番を代えよう。まずあんたが渡って次に私ではどう？
キムシヒャン　いやですってば。私は驢馬に乗ったまま渡ります。
チョダンヂョン　それでは橋が壊れる！
キムシヒャン　私たちが無事である運命ならば橋はこわれません。
チョダンヂョン　なんてこった、今度も運命を試してみようというのかい？
キムシヒャン　黄色い蝶は珍しくないわ。そのようなもので私たちの運命を信じることはできないでしょう。二またの別れ道もそうです。驢馬が南の道ではなく東の道を行ったのは全くの偶然ともいえるんです。でも今回は違います。驢馬に乗ったままあの橋を渡れば、それは私たちに何事もないだろうというしるしです。
チョダンヂョン　むしろ驢馬に乗って水の上を駈けて行ったら？
キムシヒャン　そうするのもいいわね！
チョダンヂョン　そんなとんでもない奇蹟は願うなよ！　あんたはあの橋を渡る気がないのだ。渡って行くという気持ちが確かならば奇蹟ごときを願う必要はないのだ。黄色の蝶は偶然ではないよ。

あんたの心が黄色の蝶を見たいと思ったからそれが見えたんだ。二またの道もそうだよ。あんたの心が二またの道で東の方を決めたから驢馬はその東の道を行ったのだよ。（椅子を持って来て驢馬の手綱を結ぶ。）驢馬はこの橋のたもとに繋いでおこう。あんたの好きなようにしな。橋を渡る気があるなら驢馬から降りて渡り、その気がないならばここに残りな。

キムシヒャン　いいです、では。（驢馬から降りる。）歩いて渡りましょう。でもあなたが先に渡って下さい。あなたが無事に渡るのを見てから私も橋を渡りましょう。

（チョダンヂョン、注意深く橋を渡る。）

チョダンヂョン　渡って来い！　あんたの番だ。

キムシヒャン　私できないわ！

チョダンヂョン　できないだって……？

キムシヒャン　恐くて橋を渡れないんですよ！

（チョダンヂョン、荷物を結んでいた太い帯を解いて橋を渡って行く。）

チョダンヂョン　この帯をしっかり摑んで渡って来い！

（チョダンヂョンは前に出て、帯を摑んだキムシヒャンが後からついて行く。彼女は途中で均衡を崩して橋の下に落ちる。）

チョダンヂョン　帯を摑むんだ！　手放したら死ぬぞ！

キムシヒャン　早く引っ張ってください！

（チョダンヂョン、帯を引っ張って引き寄せる。水に流されていたキムシヒャンは帯を摑んで安全な川岸に引き上げられる。）

チョダンヂョン　ずぶ濡れになっちゃったなあ。履物は脱げて流されて行くじゃないか！
キムシヒャン　そんな、私の履物！
チョダンヂョン　けど、命が助かって幸いだよ！
キムシヒャン　その本を見せて下さい。私が水の中に落ちたと書いてありますか？
チョダンヂョン　いや、そんなことは書いてない。
キムシヒャン　ホホホ、おかしいわ！　では無駄に落ちたのね！（裸足《はだし》で前に立って歩いて行く。）
チョダンヂョン　裸足で行くの？
キムシヒャン　裸足はどう？　春の柔らかい土を踏む感触が気持ちいいじゃありませんか！
チョダンヂョン　ははは、お前さんは本当にかわいい下女だよ！
（荷物を背負って歩いていたチョダンヂョン、緊張して立ち止まる。）
キムシヒャン　どうしました？
チョダンヂョン　ちょっと待て……
チョダンヂョン　槍と刀を持った兵士たちだ。ところが……我々を見ても見ないふりして退いてくれる。
キムシヒャン　何か内通されているようですね？
チョダンヂョン　うん……そうみたいだな。
（チョダンヂョンとキムシヒャン並んでぴったりくっついて歩いて行く。チョダンヂョンが引き違い戸の前で歩みを止める。）
チョダンヂョン　ここだ、茂みの中に小さな瓦ぶきの家があるな。

キムシヒャン　瓦ぶきの家が……？
チョダンヂョン　誰かいらっしゃいませんかと伝えてくれ！
キムシヒャン　おかしいわね……人の気配がありませんね……
チョダンヂョン　行商人が参りましたと伝えてくれ！
キムシヒャン　何の返事もないですね。
チョダンヂョン　一緒にこの門を開けてみよう。
（チョダンヂョンとキムシヒャン、緊張して用心深く引き戸を両側に開ける。するとその後の空間が見える。石膏のように蒼白な顔の少年の人形が椅子の上に座っている。）
キムシヒャン　誰かいますよ……
チョダンヂョン　そうだ……追われた……幼い王様だ……
キムシヒャン　全く動きませんね……
チョダンヂョン　顔には何の表情もない……何の表情も……
（チョダンヂョンとキムシヒャンは後退《じさ》りしてさがる。照明、徐々に暗転。）

第四場

（夕方時分。チョダンヂョンと古書籍研究同友会会員たちが円卓をとりまいて座っている。彼らはいろいろの種類の古書籍を円卓の上に積んでいて、手で崩しながら『寧越行日記』の内容を客観的に立証できる資料を探している最中である。）

イドンギ　申叔舟《シンスクチュ》文集にはない。どんなに探してみても自分の家の下男を寧越にやったという記録はないよ。

プチョンピル　君はまだ『寧越行日記』が偽物だと疑っているんだろう？

イドンギ　韓明澮《ハンミョンフェ》の資料なども隈無く見てみたが、下女を送ったという記録はない。

プチョンピル　秘密にやったことだ、記録は残さなかったかもしれない。

ヨンムンヂ　そうだね……いずれにせよ客観的な立証が必要だ。

チョダンヂョン　申叔舟の下男と韓明澮の下女が寧越へ初めて行った時が世祖《セヂョ》三年春、だから四月初旬だった。（円卓に置いてある古書籍の中から分厚い本を一冊広げる。）これは『世祖実録』の中でその時に該当する記録だ。世祖三年四月十八日、目を引く表題がある。みんなここに来てこれをちょっとみてくれ

（チョダンヂョンの周囲に仲間が集まる。）

チョダンヂョン　御前会議の記録だ。「臣下たちが王様の前で無表情な顔について論争した……」
イドンギ　こんな短い文節では論争の内容が何なのか判らないじゃないか？
チョダンヂョン　具体的な内容は他の資料にある。（円卓の上の古書籍の中から筆写体本一冊をひろげる。）これはその当時の大司憲梁誠之《ヤンソンジ》の『解顔之録』だ。容貌を解釈した記録だが、御前会議の内容が会話体で詳しく記されている。（プチョンピルに）君は申叔舟の発言を読んでくれ。
プチョンピル　（申叔舟《シンスクチュ》の発言題目を読む。）「殿下、寧越へ行って来た者たちが申すことには、魯山君《ノサングン》の容貌には何の表情もなかったということでございます。」
チョダンヂョン　魯山君が誰かはみんな知ってるだろ？
プチョンピル　端宗《タンヂョン》ではないか！
チョダンヂョン　端宗を平民に落としてからつけた名前が魯山君なのだ。
プチョンピル　（続けて読む。）「概して人間の容貌というものは感情があってこそ表情があるもの、魯山君の無表情は何の感情もないとのことなので、殿下にはご懸念なさりませんよう。」
チョダンヂョン　（イドンギに）韓明澮《ハンミョンフェ》は君が読んで。
イドンギ　「なりませぬ、殿下。人間とはよこしまなもの、心中に恨みを満たしていても顔ではそれを無表情に隠すことができるものでございます。殿下は魯山君の無表情に騙されず、必ずや彼を殺し禍根を残さぬように備えなさいますように。」
プチョンピル　「殿下、魯山君の無表情が不安で彼を殺せば、万民のお笑い草となるだけでございます。むしろ彼を生かしておくことで殿下の慈悲深さが称賛されますように。」
ヨンムンヂ　世祖は私が読むのだね。「卿たちの主張がこのように異り、朕また無表情を判断するに困惑であるぞ。」

イドンギ　「魯《ノ》山君《サングン》の無表情は危険でございます。すぐにも彼を殺しなされませ！」

プチョンピル　「魯山君の無表情は危険ではございません。彼を助けおいてくださいませ！」

イドンギ　私は韓明澮《ハンミョンフェ》の意見に同感だ。（円卓の椅子から立ち上がり）そもそも何を考えているか判らない顔は危険だ。

プチョンピル　私は申叔舟《シンスクチュ》が正しいと見る。顔に何の表情もないからとして、殺してしまえばこの世の中に残る人間は何人いますか？

イドンギ　この世の中ですと？　今我々は五百年前の世の中を扱っているんだよ。

プチョンピル　これは今の問題でもある！　近ごろの人々を見たまえ！　世の中が何か間違っているからそうなのか。人々の顔に何の表情もないじゃないか！

ヨンムンヂ　ああ、だんだん声が高くなるんだが！

イドンギ　どうして君は今の人間まで槍玉に上げるんだい？

プチョンピル　（椅子から立ち上がってイドンギと向かい合って）我々が古書籍を研究する理由は何だい？　過去の問題に照らして現在の問題を説き明かそうとすることではないのか？

イドンギ　過去と現在を混同するなよ！　過去は過去の視点でみなければならないよ、現在の目で見たら誤謬ばかり生じる！

ヨンムンヂ　（『解顔之録』から世祖の最後の発言をさがして読む。）「卿たちは聞き給え！　寧越へ再び人を送り魯山君の表情を探らせよ！」

（ヨンムンヂ、議決権を持っている会長として手のひらで円卓を三回叩く。イドンギとプチョンピルは再び円卓の椅子に座る。）

チョダンヂョン　いずれにしろ君たちも認定するだろう。『寧越行日記』は『世祖実録』と一致しており、それはまた『解顔之録』とも関連している。

ヨンムンヂ　そうだ、それは認定しよう。（プチョンピルとイドンギを交互に見て）ところでこの人たちの顔をちょっと見てよ。二人とも非常に腹を立ててる表情じゃないか。本当に腹の立っている人間は私だ！　頭の痛い世祖、それが私なのだよ！

（舞台照明、暗転する。）

第五場

（チョダンヂョン、驢馬を天井の丸いガラス窓の下に止めて手入れをする。彼は時々手入れをやめて出入口と腕時計を代わるがわる眺める。文机の上の電話機が鳴る。チョダンヂョンは驢馬を引いて文机に行き電話をとる。）

チョダンヂョン　はい、そうです。出掛ける準備をして待っている所ですが、なぜこんなに遅いのです？　入って来るのがいやだというのですか？　何の……どんなわけが……そこはどこですか？　向かい側のガソリンスタンドなら私の家の前に来たのと同じじゃないですか？　もしもし、私の話を聞いていますか？　早くおいで下さい。家に来て詳しい話をしてもらわないと、いやだからって帰ってしまってはいけません！

（チョダンヂョン、受話器を置く。全く予想出来なかったことに困り果てた表情となって驢馬に反対に乗る。驢馬の頭がチョダンヂョンの後にあり、尻尾がチョダンヂョンの前にある。彼は驢馬に反対に乗って室内をじぐざぐに行ったり来たりする。しばらくしてドアを叩く音が聞こえる。チョダンヂョンは驢馬に反対に乗ったまま走って行って扉を開けてやる。）

チョダンヂョン　お入りなさい！

キムシヒャン　（もじもじしながら入って来ない。）

チョダンギョン　どうぞ！
キムシヒャン　（ためらいながら中に入る。韓服のチマチョゴリとコートの装い。）
チョダンギョン　（驢馬から降りる。）一体どうしたんですか？
キムシヒャン　お願いです、もう……私は先生と悪ふざけをしてられません。
チョダンギョン　悪ふざけですと？
キムシヒャン　先生は悪ふざけばかりなさいました。私を驢馬に乗せてはあちこち引き回してばかりいたんですよ。
チョダンギョン　それは『寧越行日記』の内容を知るためにやったことです。
キムシヒャン　いいえ、内容を知るためならば本を読んでくださることで充分じゃありませんか？
チョダンギョン　あなたは何か誤解してるなあ。
（チョダンギョン、古書籍が置いてある書棚に行く。彼は『寧越行日記』を取り出す。）
チョダンギョン　この本をご覧なさい。この本は五百年前の本です。今は使っていない昔の文字で書かれてます。むろん私はこの昔の文字を読むことはできます。しかし読むだけでは、内容の本当の意味というか、生き生きとした感じを味わうことはできません。私があなたを驢馬に乗せて歩いたことを悪ふざけだと考えないで下さい。それはこの本の過去の内容を現在の生き生きとした感情で味わうためなのです。
キムシヒャン　そうですか……それは可能でしょうか？　先生と私は今、ですから現在の人間なんですが……どのようにして過去を生々しく味わうことができるのですか？
チョダンギョン　過去と現在は重なっているのです。丁度二枚の写真のように。現在の私たちの姿は過去の私たちの姿に似せているのです。まして感情はかわりありません。昔のしょっぱい塩は今味わってもしょっぱいし、昔の甘い蜜は今も甘い味なのですからね。（驢馬を指して）さあ、あの驢馬に乗って寧越へ行きましょう！
キムシヒャン　お待ちください、私はそんなに暇じゃないんです！
チョダンヂョン　え……？
キムシヒャン　先生、私は一日でも早く、いいえただの一時間でも早くその本を私の主人に持って行きたいのです。実は先生……私は恐くて死にそうなのです。先日先生のお宅を尋ねた日、私の主人はひどく怒った顔で私を待っていて、一体どこへ行って来たのかと尋ねてきたんです。
チョダンヂョン　それで何と答えたんです？
キムシヒャン　私は……ただデパートへ行って来たと嘘をつきました。
チョダンヂョン　正直に答えるべきです、そんな時は。この本の内容を我々が判ったら必ず返しにまいります、そう率直に話して下さい。
キムシヒャン　しかし、そんな話を私の主人が信じるでしょうか？
チョダンヂョン　嘘はかえって彼の疑いを大きくするばかりです。
キムシヒャン　そうですね……疑いばかり大きくなりますね。今日はチマチョゴリで装って親戚の結婚式にいくといって家を出て来たんですが……何か変なのです……私の後を付けて来るみたいで……今も監視されているような気分です。
チョダンヂョン　付いて来て……監視する……
（チョダンヂョン、虚空に向かって誰かに聞いてくれというように大声で話す。）

チョダンヂョン　結構です！　我々を監視しながらどんな話でもみんな盗み聞きしてもよろしいです、ところでひとつお伺いいたします。この本をいつ頃返してもらいたいと思っていますか？　今すぐにというのでしたら、この本の外見だけをお持ちになるだけです。しかし、あとで受け取るつもりで我々を見守ってくださるならば、この本の内容まで判るようになるでしょう。つまりは形態と内容二つとも所有されるのです。さあどっちを望みますか？　形態だけ取戻そうと願うなら沈黙を、内容までもと願うならば応答して下さい。応答の方法は私の家の電話番号八二四－八一六九番、今すぐかけて下さい。

（文机の上の電話が鳴る。キムシヒャンがあっと驚いた表情になる。）

キムシヒャン　どうして電話が鳴ったのでしょう？

チョダンヂョン　驚くことはありません。あなたの夫が我々の会話を盗聴しているのです。

（文机に走って行って受話器をとる。）もしもし……もしもし……切れてしまいました。

キムシヒャン　彼の意向は明らかです。今日も私たちに寧越へ行って来いということです。

チョダンヂョン　盗聴装置はどこにあるのですか？

キムシヒャン　奥さんのイヤリングにあることもあるし、ネックレスに仕掛けられてあることもあるでしょう。

チョダンヂョン　（あわててイヤリングとネックレスを取り外す。）

キムシヒャン　それだけではありません。服についているボタンである場合もあります。（ボタンを外そうとするキムシヒャンを制止して）やめなさい。

チョダンヂョン　（低い声で）先生は恐ろしくありませんか？

チョダンヂョン　私も恐いです。その方は恐ろしい力を持っていて……昨夜私はその人を見ました。テレビのニュースを見ていたんですが、ある人が高い壇上にいました。両手をぐっと握り締めて、国家について、民族について、素晴らしい演説をしたんですよ。

キムシヒャン　（自分の唇に指をあてて）しぃっ、気をつけて下さい。

チョダンヂョン　（低い声で尋ねる）私が推察した通りその人が奥さんのご主人でしょう？

キムシヒャン　しぃっ、驢馬でも引いて来て。

（チョダンヂョン、驢馬を引いて来てキムシヒャンの前に止める。キムシヒャンはコートを脱いでかつぎ風に頭から被り、驢馬に乗る。チョダンヂョンは驢馬の手綱をとってのろのろと歩く。）

キムシヒャン　今日はどうしてこんなにのろのろなの？

チョダンヂョン　気分が悪いんだよ。私たちが見間違えて来たわけでもないのに、また行って来いだなんて……

キムシヒャン　その無表情な顔？

チョダンヂョン　その無表情な顔のせいで殺すべきだとか、生かしておくべきだとか、偉い方々の同士争いになったんだ。

キムシヒャン　鶏の喧嘩や牛の喧嘩でなければ気にすることはありませんよ。いたずらに高貴な方々の喧嘩に関わってもよいことはありませんよ。

チョダンヂョン　しかし我々は本意ではないのにすでに引き込まれている。

キムシヒャン　今回行って見ても顔が無表情ならばどうします？

チョダンヂョン　そうすれば行って来てからまた行かねばなるまい！

キムシヒャン　また行って見ても無表情ならば？
チョダンヂョン　また行かなくてはなるまい！
キムシヒャン　アイゴ、うんざりだわ！　一体何のためにその顔は無表情なのでしょうか？
チョダンヂョン　そうだね……たぶん恐ろしさのためだろう。あんたもそうじゃないか。あんたが恐ろしい主人の話をする時には顔に表情がないよ。
キムシヒャン　私の顔がそうですか？
チョダンヂョン　私の顔もそうだろう。人は誰でも恐くなれば表情がなくなる。最初私はその顔を見に行く時は気軽でなんでもなかった。私とは何の関係もない顔だと思っていたし……たった一度だけ見に行って来れば良いのだと思っていたんだ。だのにそうではない……今や何回行かねばならないのかもわからない……いつになったらこんな下男暮らしから解放されるかそれもわからない……
（チョダンヂョン、意気消沈した姿でのろのろと驢馬を引いて行く。キムシヒャンは被っていたコートをたたんで驢馬のくびと背中の間にかけておく。）
キムシヒャン　私たち黄色い蝶をみつけましょう。この間たくさんの幸運の象徴を見たじゃありませんか。
チョダンヂョン　一匹もいない、今は……
キムシヒャン　では白い蝶は？
チョダンヂョン　白い蝶もいない！
キムシヒャン　なぜ？
チョダンヂョン　すべての花が萎《しお》れてしまったんだよ。

キムシヒャン　まさか……そんなことが……

チョダンヂョン　いつの間にか春が過ぎて今は夏だ。草や木々の葉っぱだけが青々と茂っているよ。あれを見ろ。気味の悪い虫どもが蝶のかわりに飛んでいて、まがまがしい毒きのこが花の代わりに生えているじゃないか！

キムシヒャン　驢馬を止めてよ！

（チョダンヂョン、驢馬をとめる。）

キムシヒャン　この道は先日私たちが行った道ですか？

チョダンヂョン　そう、まったく同じ道だよ。

キムシヒャン　同じ道なのになぜこのように違っているの？

チョダンヂョン　あんた、あの二《ふた》またの道が見えるかい？

キムシヒャン　ええ、見えます。

チョダンヂョン　あんたが運命を試したことをおぼえているだろう。その時驢馬が東の道を行っただろう。（驢馬の手綱を置く）今度は私が運命を試してみよう。

キムシヒャン　馬鹿なまねはやめてよ。

チョダンヂョン　馬鹿なとは？

キムシヒャン　この前はどっちが寧越へ行く道かわからなかったでしょ。しかし今度は驢馬もわかっていて、私もわかっているし、あなたもわかっています。（驢馬を前に進ませて）見て下さい。このまま放っておいても驢馬は東の方の道を行くわ。無関心に、私たちの運命には何の興味もないというように、のろのろと居眠りしながら歩いてますよ。

（チョダンギョン、驢馬の尻尾を摑んで引き寄せる）

キムシヒャン　そのまま行かせなさいな！

チョダンギョン　駄目だ！　戻って来い！

キムシヒャン　なぜ引き寄せるのですか？

チョダンギョン　この驢馬はずいぶん生意気じゃないか！（驢馬を止めて叱りつける。）この野郎、なんて奴だ？　もう知ってる道だと興味なさそうに居眠りしながら歩くのか？（驢馬の頬にビンタを食わす。）この生意気な奴め、しゃんとしろ！　しゃんとして我々の運命に興味を持つんだ！

キムシヒャン　お願い叩くのはやめて！

チョダンギョン　（驢馬を後に引き寄せて置く。）さあ、行くんだ！　あの二またの道のうちどっちの方へ我々が行けばいいか試して見ろ！

キムシヒャン　結果はわかり切っているでしょう？

チョダンギョン　こいつ奴、強情はるとは……。もっと叩かれたいのか！

キムシヒャン　（足で力いっぱい地面を蹴って驢馬が駈けていくようにする。）行きなさい！　行くんですよ！

（チョダンギョン、驢馬が走って行く方角を見て大声で叫ぶ。）

チョダンギョン　今回は何かうまくいきそうだぞ！　驢馬が東の方に行っている！

キムシヒャン　あきれたわ！　この道を行ったらひどい目にあうかもしれないのに！

（チョダンギョン、驢馬を追いかけて手綱を摑む。キムシヒャンは怒ったようにチョダンギョンから顔を背ける。）

チョダンヂョン　ちょっとこっち見て、あんた……
キムシヒャン　（顔を背けたまま）いやです。
チョダンヂョン　この間この道を走って来た時、あんたの顔は赤く上気していたっけ。黒い髪が波のように乱れ落ち……開いた服の間から白い豊かな胸が見えた。
キムシヒャン　（髪をかきあげ、服の胸元を整えて）しぃっ、静かに。
チョダンヂョン　あんたはいつ見てもきれいだ。
キムシヒャン　（怒った感情が和らいだようにチョダンヂョンを眺めて）お願い、もう少し声を小さくして。
チョダンヂョン　私は日記に私の気持ちを記しておいた。（手にしている『寧越行日記』を開いて読む。）「私はたとえ寧越へ行くのがいかに困難であろうとも中断できないのは美しい姿と同行するからである。」こうして文字で記しておけばいつ読んでも感情が甦るんだ。
キムシヒャン　書いたことを全部消して下さい。あなたはその文字のために大変な目にあいますよ。
チョダンヂョン　「何気ない言葉だよ。私が記した文字によって大変な目にあうという言葉は何も根拠があるわけではないだろう。しかし時たま何気なくいった言葉が巧みな占い師の予言よりもよく的中することがある。寧越へ行く道は険しいばかりだが、美しい姿は私の気持ちを変えてしまえという。」
（チョダンヂョン、驢馬を引いて行く。間。彼は文机の脇に驢馬を止める。）
チョダンヂョン　いつの間にか七百里の道、寧越までやって来た。
キムシヒャン　また行商人を装うのですか？

（チョダンギョン、文机の中から太い帯で括った風呂敷包みを取り出して担ぐ。）

キムシヒャン　川はどこでしょう？　この前は川を越えて行ったでしょう？

（チョダンギョン、録音機を作動させる。川の流れる音が聞こえる。チョダンギョンは驢馬を引いて川岸に近付いて流れ行く水を眺める。）

チョダンギョン　川の水に私の顔が映っている……

（驢馬から降りて来てチョダンギョンの脇に立って川面を眺める。）

キムシヒャン　その傍に私の顔もありますね。

（チョダンギョンとキムシヒャン、だまって川面を眺める。）

キムシヒャン　何を考えているの、私たちの顔を眺めながら……？

チョダンギョン　川の向こうのあの顔……

キムシヒャン　その顔が見えますか？

チョダンギョン　私たちの顔と重なって見える。だんだんその表情が変っていくよ。

キムシヒャン　どのようにですか？

チョダンギョン　とても悲しい表情にだ……

キムシヒャン　ぼんやりといつまで川を眺めているつもりですか？

チョダンギョン　とにかく……川を渡って行かなければ……

（チョダンギョン、驢馬を引いて橋の方へ歩いて行く。キムシヒャンは彼について行く。彼らは浮橋の前に杭のように打ち込まれている出入禁止の表示を発見する。）

チョダンギョン　ところで、この橋の前に何か石碑が建っているね。〈禁標碑〉だと、何を禁止させるというのだろうか？（書かれてある文字を声に出して読む。）「東西三百尺、南北四百九十尺以内は一般の出入りを禁ずる。」この前はこんなもの見なかっただろう？
キムシヒャン　私たちが見過ごしていたかもしれないわ。
チョダンヂョン　我々はかまわない。密命を受けて来たんだから禁止を無視して渡って行こう。
キムシヒャン　今回は私が先に渡りましょう！
（キムシヒャン、川の上に危なげにかかっている橋をさっさと渡り始める。）
キムシヒャン　ゆらゆら、ゆらゆら面白いわねえ！
チョダンヂョン　気をつけろ！　落ちたら死ぬぞ！
キムシヒャン　この前よりずっと水嵩《かさ》が増えているわ！
チョダンヂョン　梅雨で長雨が続いたからだよ！
（キムシヒャン、橋を渡って行く。彼女は振り向いてチョダンヂョンに向かって叫ぶ。）
キムシヒャン　さあ、あなたの番よ！
チョダンヂョン　（驢馬に）お前さんはここにおれ！
（チョダンヂョン、荷物を肩に背負う。彼は一歩一歩曲芸師が綱渡りをする動作で用心深く渡る。）
キムシヒャン　早く渡っていらっしゃいよ！
チョダンヂョン　荷物が重たくて！
キムシヒャン　たった反物何反で重たいはずないでしょ？
チョダンヂョン　糸もあるし、針もあるし、鋏もあるよ！
（チョダンヂョン、橋を渡って来る。）

キムシヒャン　それくらいのことがなんで重たいもんですか？
チョダンヂョン　あんたが背負って見ろ！
キムシヒャン　降ろして見て。私が頭に載せて行きますから。
（チョダンヂョン、荷物を降ろす。キムシヒャンは荷物を頭に載せてさっさと歩いて行く。）
キムシヒャン　軽いものよ！　ひょいひょい跳ねて踊りも踊れるわ！
チョダンヂョン　やめ、やめ、今は踊りを踊っている場合じゃないよ。
（キムシヒャンが前に立ち、チョダンヂョンがその後について行く。間。彼らは引き戸の前に来て止まる。キムシヒャンが肘でチョダンヂョンの腰をぐっと突く。）
キムシヒャン　瓦ぶきの家の門の前に着いたわ。あなたが声をかけて見て。
チョダンヂョン　うん……うん……声が嗄《か》れて……
キムシヒャン　呼んでくださいな、早く。
チョダンヂョン　前の春に参りました行商の者ですが、また参りましたとお伝え下さい……
キムシヒャン　そんな呼び方では聞こえませんよ。大きく、もっと大きく叫びなさいよ！
チョダンヂョン　前の春に参りました行商人ですが、また参りましてご機嫌を伺います！
キムシヒャン　もっと大きくです。
チョダンヂョン　私はもっと大きく呼んでみるから、あんたはその包みの中から品物を全部出して門の前に広げておけ！
（キムシヒャン、門の前に風呂敷包みを解いて品物を取り出す。赤、緑、黄の布地と糸と針と鋏を書棚の前にずらっと広げる。チョダンヂョンは膝をついて申し上げる。）

チョダンヂョン　この前は慌ただしくて私たちの品物をお見せできずに帰ってしまいました。しかし今回はいっぱい並べてありますのでご覧下さいませ。
キムシヒャン　何も反応がありませんね。
チョダンヂョン　門を開けてご覧頂こう。

（キムシヒャン、扉に近づいて戸を少しずつ開ける。部屋の中の椅子に座っている少年の人形が見える。石膏のように蒼白な顔は今やひどく悲しい表情である。瘦せた頬には血と涙が流れた痕がありありと残っており、唇は慟哭をこらえるように歪んでいる。）

キムシヒャン　悲しい表情ですよ、今度は……
チョダンヂョン　泣かれているのだ……血の涙を流されている……
キムシヒャン　どうしましょうか？　扉を閉めましょうか？
チョダンヂョン　あまりにも悲しいお顔なのだが……
キムシヒャン　荷造りをしましょう。
チョダンヂョン　いや、このままにしておけ。（少年の人形に向かって語りかける。）どうせ持って来たものですから置いて参ります。どうぞご遠慮なさらずにお受け取り下さい。

（チョダンヂョン、門の前に並べた品物を中に入れてやる。キムシヒャンも手伝う。）

キムシヒャン　男の人にあんなものが何の役に立つのかしら？
チョダンヂョン　何の役にもたたないかな……？
キムシヒャン　布と鋏、針と糸、女ならば使い道があるでしょうが。
チョダンヂョン　それでも我々の品物が何か慰めになればいいのだが……この世に生まれてあのよう

な悲しい顔は初めて見た。

キムシヒャン　私もやはり初めてよ。

（チョダンヂョンとキムシヒャン、悲しい顔から大きな衝撃を受けたようである。舞台照明、暗転する。）

第六場

（チョダンヂョン、円卓に座って『寧越行日記』と別の古書籍とを対照して見ている。出入口が開けられる。ヨンムンヂを始めとする古書籍研究同友会の会員たちが入って来る。ヨンムンヂは小さな金庫のような鉄製の小箱を持っている。）

チョダンヂョン　いらっしゃい！
ヨンムンヂ　君の家の前に怪しい車がいるんだが。
イドンギ　アンテナが付いているぞ、高い。
チョダンヂョン　ああ知っている。
プチョンピル　知ってるって？　知っていながらも放っておくのか？
チョダンヂョン　気分悪いけど……追い払えばまた違う方法を使うだろう。（円卓に着くように勧めながら）さ、みんな座ってくれ。

（会員たち硬い態度で円卓に座る。）

チョダンヂョン　夕食は済んだの？
ヨンムンヂ　夕食なら食べたよ。
チョダンヂョン　私の所にいい酒があるんだが……気分転換にどう？

ヨンムンヂ　どんな酒なんだい？
チョダンヂョン　昔の寧越で作ったものだ。
（チョダンヂョン、古書籍の本棚に近づく。彼は書籍の裏に隠してあった陶磁器形態の酒瓶と小さな杯を持って来て仲間たちに酒を注いでやる。）
チョダンヂョン　香りもいい。
プチョンピル　色も綺麗だね。
チョダンヂョン　飲んで見てくれ、素晴らしい味だ。
（チョダンヂョンと仲間たち、酒を吟味するように少しずつ飲む。）
チョダンヂョン　さあ、もう一杯ずつ……
プチョンピル　君は寧越へ行ったことあるの？
イドンギ　寧越は水がいいから酒が美味しいんだ。
イドンギ　いや。
プチョンピル　行ったこともないのに酒がうまいのがどうしてわかる？
イドンギ　酒の味をみれば水の味もわかるよ。ところで君は寧越へ行ったことあるの？
プチョンピル　行ったことはないよ。しかし、寧越はこの世で最も淋しい所、悲しい所だ。この酒の味を感じてみろよ。そのような淋しさ、悲しみの味がするじゃないか。
イドンギ　君は舌がおかしいようだね。私は一杯飲んでもそんな味は感じなかった。
ヨンムンヂ　この頃君たちは変だよ。寧越の話になるとことごとに争って。
チョダンヂョン　『寧越行日記』のせいだろう。

ヨンムンヂ　そうだ、その本のせいだよ。じつは私もおかしくなって来た。君たち、私がこのようなものを持って来たといっておどろかないでくれ。

（ヨンムンヂ、鉄製の小箱の蓋をあけてその中から朝鮮王朝時代の玉璽《ぎょくじ》を取り出す。）

チョダンヂョン　玉璽だ！　昔の国王達が使われた本物の玉璽だよ！

ヨンムンヂ　これをどこで手に入れたんだい？

ヨンムンヂ　しぃっ、聞いてくれるな。

プチョンピル　合法的に手に入れたものではなさそうだな……

イドンギ　いずれにしろ大したものだ。このような玉璽を手に入れるには相当な大金がかかったろう？

ヨンムンヂ　あの忌ま忌ましい奴がひどく高い代金を要求したんだ！　そいつは、どこかで盗んで来たに違いないのに、私からは本来の代金を受け取ろうとしたんだ。アイグ、こんな！　興奮して声をはりあげたりして！

チョダンヂョン　かまわないよ。玉璽を手に入れたんだ、大声を出したって仕方ない。

（ヨンムンヂ、玉璽に朱肉をつけて円卓の上の紙にどんと押して見せる。）

ヨンムンヂ　目を大きく開いて見てくれ！　死ぬか、生きるかがこのはんこを押すことにかかっているんだ！

プチョンピル　こういう時にはこういわなければならない。「ご賢慮の上過ちをお正し下さいませ、殿下！」

ヨンムンヂ　（チョダンヂョンに）『世祖実録』は探しだしておいたか？

チョダンヂョン　魯山君《ノサングン》の表情についての第二回目の御前会議の記録だ。（厚ぼったい『世祖実録』を広げる。）「世祖三年八月十二日、魯山君《ノサングン》の悲しい表情に関する御前会議が開かれた。」（もう一冊の古書籍である『解顔之録』を広げて置く。）具体的な会議の内容はこの『解顔之録』を参考にしよう。

ヨンムンヂ　どこだい、私が読む所は？（チョダンヂョンの指さす一節を朗読する。）「寧越へ行って来た者たちが何といっておるのか？　相変わらず無表情だといっておるのか？」

イドンギ　（韓明澮《ハンミョンフェ》の発言の一節を読む。）「臣、韓明澮申し上げまする。魯山君の表情が変わっていたということでございます。」

ヨンムンヂ　「無表情が変わった……？」

イドンギ　「魯山君の表情は悲しい表情だそうでございます。昔から奸悪なものは表情を変えるもの、無表情も信じられなかったものを、どうして悲しい表情を信じられましょうか？　魯山君の悲しい表情は人々の同情を誘って謀反を企もうとする策略であることが明らかでございます。」

プチョンピル　「殿下、ご諒察下さいませ。魯山君の悲しい表情を謀反の策略だとすることは妥当ではございません。」

イドンギ　（プチョンピルに難詰する語調で話す。）「卿はどうしてそれ程にも魯山君を庇《かば》われるのですか？　かつて魯山君に同情して成三問《ソンサムムン》、河緯地《ハウィジ》、朴彭年《パクペンニョン》たちが謀反を企てて刑場の露と消えました。魯山君はその遠い寧越に幽閉されても性分を改めず悲しい表情をして、またふたたび謀反の輩《やから》を集めようとしているのだ！」

プチョンピル　（イドンギに向かい合って話す。）「卿、寧越とは何処《いずこ》でありましょうか？　この世の僻地の果てが寧越です。魯山君はそこに一人幽閉されていますものを、どうして世の人々が彼の顔を見ることが出来、どうして彼に同情することができましょうか？」

ヨンムンヂ　「判断は朕がする。卿たちは互いに争うのをやめよ！」
イドンギ　「殿下、寧越は遠く辺鄙な所とはいえ、その地はやはり殿下の土地でございます。」
ヨンムンヂ　「その地も朕の土地であることを誰が知らぬというのか？」
イドンギ　「殿下の土地に暮らす者が、ましてこの前の謀反の時、殿下の恩徳で命を救われた者が悲しい表情をするとは、これは何という奇っ怪なことでありましょうか！　到底許してはならないものと存じます。」
ヨンムンヂ　「聞いてみると卿の言葉が正しい！」
イドンギ　「殿下、魯《ノ》山君《サングン》の悲しい表情を反逆罪として罰し下さいませ！　その悲しい顔をそのままにしておかれれば、帝王の威厳を軽んずる者たちの謀反が絶たれることはないでございましょう！」
ヨンムンヂ　（玉璽を虚空に高く持ち上げる。）「魯山君を殺せ！」
プチョンピル　「恐れながら、殿下、再度熟考なさって下さいませ。悲しい表情を反逆罪で処刑なされば、殿下にはかえって帝王の威厳を失うことでございましょう！」
ヨンムンヂ　「帝王の威厳を失う……？」
プチョンピル　「魯山君の悲しい表情はたんに彼の淋しい心情のあらわれで決して謀反の思いからではございません。でございますから、殿下が彼の淋しい心さえもお許しなされず殺されてしまうなら、これは帝王の威厳を通り越して帝王の暴悪となりましょう。」
ヨンムンヂ　「朕に彼の悲しい表情の侮辱に耐えろということか？」
イドンギ　「躊躇なさらないで下さい、殿下！　直ちに彼を処刑なされませ！」

プチョンピル　（円卓の椅子から後にさがって）殺人者みたいだ！
イドンギ　何だって？
プチョンピル　これ以上あいつを相手にできない！
イドンギ　（円卓からぱっと立ち上がり）あいつ……？　今私にいったのか？
ヨンムンヂ　おいおい、どうしたんだ？
イドンギ　あの男が私を侮辱したんだ！（プチョンピルに近づいて問いただすように）殺人者だと？　私をどのように見ていう言葉だ？
プチョンピル　君はそのまま本を読んでいない！
イドンギ　私は書かれている通り読んだよ！
プチョンピル　とても残忍な感情をあらわにして読んだんだ！
チョダンヂョン　（イドンギとプチョンピルの間を引き離して）落ち着いて。実感を出して読んだからそうした誤解がうまれたんだ。
イドンギ　誤解だって、とんでもない！　あの男は本当に私を残忍な人間と思っているんだ！
ヨンムンヂ　興奮しないで座れ！　とにかく決定しなければならない、玉璽が重たくて腕が痛くてたまらないよ。
チョダンヂョン　（プチョンピルに）君がまず謝れ！
プチョンピル　（イドンギに手を差し出して）済まなかったね、ほんとに……
イドンギ　心から謝っているのかい？
プチョンピル　君を韓明澮《ハンミョンフェ》と混同した。しかし君は、私を申叔舟《シンスクチュ》と混同したのか、恐ろしく吊り上がった目をしてにらみつけていたな。
イドンギ　私が君をにらみつけていただって？
プチョンピル　そうだ、私が申叔舟《シンスクチュ》を読むたびに恐ろしく鋭い目で見てたんだ。でまかせいうな、お前のような融通のきかない者はむしろ口を噤《つぐ》んでおれ、そういった視線だったよ。
（プチョンピルとイドンギ、各自の椅子に戻って座る。）
ヨンムンヂ　元来、強硬派と穏健派は対立するようになっているものさ。（玉璽を円卓の上におろす。）ああ、腕が痛い！　韓明澮《ハンミョンフェ》と申叔舟もそうだったろう。韓明澮は申叔舟を口ばかりで決定は全くしないとみているし、申叔舟は韓明澮を考えることをしないでただ行動するだけだとみている。
イドンギ　（プチョンピルに）私は君の謝罪は受けないよ。
プチョンピル　ならば私も謝る必要もないな。
イドンギ　私を誤解してもいい。私は韓明澮だ！
ヨンムンヂ　（おろしていた玉璽を再び持ち上げて）どこまで読んだっけ……？
イドンギ　「殿下、魯山君《ノサングン》の悲しい表情を反逆罪で罰し下さいませ！」
ヨンムンヂ　そこはもう読んだんじゃないのか？
プチョンピル　「魯山君の悲しい表情はたんに彼の淋しい心があらわれただけで決して謀反行為ではございません。」
ヨンムンヂ　そこもすでに読んだ。（『解顔之録』の世祖の発言を見つけ出して読む。）「朕は決定を留保する！　再び寧越へ人を遣わし魯山君の表情を探らせて来るようにせよ！」
チョダンヂョン　また私は寧越へ行かねばならないのか！

ヨンムンヂ　本を見ろ。いつ行くようになっているか。
プチョンピル　（円卓の自分の杯に酒を注いで飲みながら）なあ、寧越へ行くならこのような酒を一本持って来いよ。
チョダンヂョン　わかった。
プチョンピル　その口の聞き方はなんだ、主人に向かって？
チョダンヂョン　はい、求めて参りましょう。
イドンギ　私の分も持って来い。一本といわず十本ほど……
チョダンヂョン　かしこまりました。
ヨンムンヂ　私は多ければ多いほどよい。驢馬の背中が曲がるくらい積んで来い。
チョダンヂョン　私を完全に下僕のようにこき使うつもりらしいな！　よろしい、その代わり私も頼みがある。
プチョンピル　（笑いながら）なんだい？
チョダンヂョン　（しばし、ためらう。）
イドンギ　いって見ろ、早く。
ヨンムンヂ　どんな頼みなの？
チョダンヂョン　仲間として必ず聞き届けてくれ。だが誰かが盗み聞きしないように、この紙に私の頼みを書くよ。
（チョダンヂョン、円卓の上にある紙に文字を書く。仲間たちがチョダンヂョンの背後に集まり紙の上に書かれる文字を見つめる。舞台照明、徐々に暗転する。）

第七場

（朝。チョダンヂョン、驢馬の手綱をとって立っている。キムシヒャンが向い合って立っている。天井の円いガラス窓から日差しが注いで床に明るい円形を作っている。その明るさがかえって他の空間は暗く見えるようにしている。）

チョダンヂョン　早く来られましたね、今日は。

キムシヒャン　はい。

チョダンヂョン　（驢馬を指差して）では、乗りましょうか？

キムシヒャン　ちょっと待って下さい……私の主人が気にかかることがあると先生に必ず申し上げなさいといいました。

チョダンヂョン　何をですか？

キムシヒャン　ひとつはお仲間の方が自慢していらした玉璽、あれは本物でしょうか？

チョダンヂョン　そうですね、友人は本物だと主張しているんですがね。

キムシヒャン　私の主人はそれを欲しがっているようなんです。

チョダンヂョン　しかし玉璽は模造品がとても多いんです。誰も彼も欲しがるものですからやたらに偽物を作り出しているんですよ。ドロボウ市場の骨董品市場へ行ってみると本物と区別ができない玉璽がざらにあります。

キムシヒャン　それからもうひとつ……先生がお仲間の方たちに何をお頼みされたのか知りたいのだそうです。

チョダンヂョン　ああ、それはですね……

キムシヒャン　お話しされる代わりに紙にお書きになったんですって？

チョダンヂョン　そうですよ。（驢馬に乗るように手真似して）驢馬に乗って。その心配性は我々が寧越へ行けば自然に解けるよ。

（キムシヒャン、驢馬に乗らず明るい輪のふちに沿って歩く。チョダンヂョンは驢馬の手綱を持ってそのまま立っている。）

キムシヒャン　『寧越行日記』にはなんと書かれているんですか？　私たちが三度目に寧越へ行く時には天気はどうで風景はどうなのか教えて下さい。

チョダンヂョン　（『寧越行日記』を広げる。）今は十月だ。空は澄んで晴れ渡るも、大気は冷気に包まれて……

キムシヒャン　（両の腕を広げて深呼吸をしながら）あ、それで歩く気分が爽快なのですね！

チョダンヂョン　すでに秋の収穫が終わった広い野原には、たくさんの案山子ばかりが風にゆれているとさ。

キムシヒャン　今回はあなたが驢馬に乗って。

チョダンヂョン　私が？

キムシヒャン　私は二回も乗ったのですから。

チョダンヂョン　だからって私が乗るわけにはいかない。男が驢馬に乗って、女を歩かせるなんて……人が何というか？　馬鹿みたいな奴だと指差して笑うだろうよ！
キムシヒャン　ここはひっそりとした野原、案山子しかおりません。
チョダンヂョン　では案山子たちが笑うだろう。
キムシヒャン　笑おうと笑うまいとあなたがお乗り下さい。私は気分が良くて早く歩いてますが、あなたは足が痛くなったのか歩けないじゃないですか。
（チョダンヂョン、ため息をつきながら地面に座り込む。）
キムシヒャン　まあ、座り込んでしまうなんて！
チョダンヂョン　（黙っている。）
キムシヒャン　顔色が悪いけど……体の具合が悪いのですか？
チョダンヂョン　（黙っている。）
キムシヒャン　（チョダンヂョンの傍に来て並んで座り）これでは寧越へは行けませんよ。
チョダンヂョン　私も何の病気かわからない。おかしいな……目の前に変な幻覚が見える。まさしくこの道を私はすでに数千回、数万回も通って来たようでもあり……これは何かの錯覚なのか、幻想なのか、しっかりしなくてはと思っても霊魂が抜け出せない道を行っては戻り……戻ってはまた行くようで……
キムシヒャン　実は……私も同じような感じになるのです。
チョダンヂョン　あんたも……
キムシヒャン　ええ。

チョダンヂョン　そうだ、私たちは同行者だもの……
キムシヒャン　けれども、私はこのように自分自身にいい聞かせています。冷静になれ、冷静に。冷静にならなければこの道のために狂ってしまう……
チョダンヂョン　昼も夜も私は恐ろしい夢をみるんだ。驢馬を引いてこの道を行く自分が見える。この道の先、行き止まりのあちら側にはひとつの顔があって……私は全身に脂汗を流しながら近づいて行くのだ。そうしたら……顔を眺めた私はびっくり驚いて後戻りして来る……道のこちら側の先、行き止まりの所には私を待っている者たちがいて……どんな表情を見てきたかとせかせか聞くし……自分が見た表情を話しながら結果がどうなるかわからず苛々し……あまりにも恐ろしい夢なので驚き身震いして目覚めると……また違う恐ろしい夢……あの寧越へ行く道が見えて……
キムシヒャン　（チョダンヂョンを慰めるように彼の頬をなでて）恐ろしい夢を見てはいけません。私たちはその顔とは関係ありません。その顔がどんな表情をしていようと、その顔が死のうが生きようが、私たちには何の責任もありません。
チョダンヂョン　何の責任もない……
キムシヒャン　私たちは従僕《しもべ》です。行って見て来いといわれれば見て、帰って話せといわれれば話し、単純な道具にすぎませんでしょ。
チョダンヂョン　私はそのようには考えられない。人が我々を従僕のように、道具のように遇することも悔しく忌ま忌ましいし、我々が自分自身を従僕だと認めろというのか……
キムシヒャン　そうすべきよ。そうしてこそ私たちはこの恐ろしい夢から覚められるのよ。
チョダンヂョン　いや、私は死んでも従僕の真似はしない！

キムシヒャン　あなたはいい恰好するのが欠点よ！

（キムシヒャン、服をぱたぱたはたいて立ち上がる。彼女は驢馬の手綱をとって引いて来る。）

チョダンヂョン　こうしていては日が暮れるわ。さあ、乗って下さい。

（驢馬に乗る。）すまないな、驢馬よ。今回は世話になるよ。

（キムシヒャン、手綱をとって引き寄せても驢馬は動かない。）

キムシヒャン　驢馬がちっとも動かないわ！

チョダンヂョン　私の体が重いのか……？

キムシヒャン　あなたの頭の中の考えが重いからですわ。

チョダンヂョン　では私の頭の中の脳を抜き出さなくては。

キムシヒャン　あなたのお腹の中にある自尊心も重いでしょ。

チョダンヂョン　私の五臓六腑を抜き出そう！　ぽんぽん気軽に抜き出せば驢馬が私を乗せて行くらしい！

（チョダンヂョン、手で頭の中と腹の中のものを抜き出して放り出す動作をする。キムシヒャン、驢馬の手綱を引いて行く。）

チョダンヂョン　怒っている奴、笑っている奴、口を歪めたひねくれた奴、にたにたして気のふれた奴、秋の野原には色々な案山子が集まり、この顔ゆらゆら、あの顔ゆらゆら、器量自慢のまっ盛りだが、驢馬に乗って行く奴は顔を上げるのも恥ずかしげに、首を垂れがっくりうなだれてるよ。

（キムシヒャン、驢馬を引きながらチョダンヂョンの自嘲的な言葉を真似る。しかし、彼女の言葉はむしろ楽しげに聞こえる。）

キムシヒャン　頭の中が空っぽなあま、はらわたがぼこっと抜け落ちたあま、上も下も脱いだあま、広い野原には色々な案山子が集まってこの体をごらんあの体をご覧と体自慢の真っ盛りだが、驢馬を引いて行くあまは自分が一番だといいたげに大手を振って行くよ。
チョダンヂョン　あんた……
キムシヒャン　何ですか……？
チョダンヂョン　私よりあんたの歌の方がずっと味があってうまいね。
キムシヒャン　あなたはまだ脳と腸が抜け落ち足りないので歌に味が出ないのよ。
（キムシヒャン、驢馬を引いて歩いていたが止めて立ちどまる。）
キムシヒャン　二またの道に来ましたわ。
チョダンヂョン　今回は東の道でなく南の道を行こう。
キムシヒャン　南ですって？
チョダンヂョン　寧越へは行かないで、一緒によそへ逃げようよ！
キムシヒャン　逃げるわけにはいかないでしょうよ。
（文机の上の電話がうるさく鳴る。キムシヒャン、文机の方に行って受話器をとって話す。）
キムシヒャン　はい、はい、心配しないで下さい。私たちは必ず東の道を行きます。
（キムシヒャン、戻って来て驢馬の手綱をとる。）
キムシヒャン　それご覧なさい。私たちに違うことはするなという警告です。
チョダンヂョン　我々は逃げることもできないんだな。
キムシヒャン　驢馬があなたより利口ですわ。もう目ざとく東の道へ行ってますよ。

チョダンヂョン　始めからこいつは寧越へ行く道しか知らないんだよ。
キムシヒャン　愚かな者でもとんでもない道を行きます。
チョダンヂョン　まるで私への悪口のようだね。
キムシヒャン　驢馬を誉めたのですわ。
チョダンヂョン　そうしないで、直接私に悪口をいって見て。
キムシヒャン　悪口をいえですって？
チョダンヂョン　遠慮することないよ。私のために悪口をいってくれ。
キムシヒャン　あなたはまだ自尊心を捨てられないので悪口を聞けば腹を立てるでしょうね？
チョダンヂョン　もう自尊心も何も捨ててしまうよ！　だからどうか私を罵《ののし》ってくれ！　酷く侮辱されればそれが薬になって頭の中のものが抜け落ち腹の中のものが抜け落ちるだろう！
キムシヒャン　犬みたいな奴！
チョダンヂョン　それ位のことではびくともしない。
キムシヒャン　豚みたいな奴！　牛のような奴！　驢馬のような奴！
チョダンヂョン　ヒヒーン、驢馬が面白がって笑ってるよ！
キムシヒャン　熱病に罹《かか》って死ね！　レプラに罹って死ね！　疫痢とマラリアをいっぺんに病んでくたばれ！　これ以上はいえませんわ。
チョダンヂョン　もっといえ！　もっといえってば！
キムシヒャン　いえません。
チョダンヂョン　今までずけずけとうまくいってたのになぜ止めるんだ？

キムシヒャン　私がしなくてもみんながやっているじゃありませんか。
チョダンヂョン　みんなが……？
キムシヒャン　驪州《ヨジュ》を通る時驪州の人たちがあなたを指差してあなたを罵っていたんですよ。原州《ウォンジュ》を通る時は原州の人々が罵っていたし、堤川《チェチョン》を通る時は堤川の人たちが罵っていたのですから、いま寧越では……あんな人でなしどもはいないわ！　寧越の奴らは罵りながら石ころまでなげつけて来るわ。
チョダンヂョン　（頭を抱え込んで）アイゴ！　石にあたった！
キムシヒャン　やい、お前たち！　止めないか！
チョダンヂョン　頭がわれた！　この血を見ろ！
キムシヒャン　あいつらが石を投げながら追っかけてくるわ！（驢馬の後方に向かって叫ぶ。）やい、寧越の奴ら！　お前たちは驢馬に乗って行く男がそんなに珍しいか？　なに……何だって？　あいつらひどい悪口をいっている！
チョダンヂョン　何といっているのだい？
キムシヒャン　私たちを人殺しの賤民ですってよ！（石を摑んで投げ返しながら）やい、畜生ども！　お前たちだけが石投げが上手いと思うのか？　私だって上手いんだよ！　このひとでなしども！
チョダンヂョン　あんたは投げてはいかん！
キムシヒャン　あんな奴ら懲らしめるべきよ！
チョダンヂョン　いや、こういう時こそ見ないふりをして泰然として通るのだ。頭を上げて胸を張って……堂々と行こう。

（キムシヒャン、驢馬を引いていたが立ち止まる。）

キムシヒャン　平昌川《ピョンチャン》に来ましたわ。清冷浦《チョンニョンポ》に行くにはあの橋を渡らなくてはならないのよ。

チョダンヂョン　ここまで私を乗せて来てくれてご苦労だったな、驢馬よ。

キムシヒャン　罵られ石をぶつけられてみてどうですか？

チョダンヂョン　何でもないよ。

キムシヒャン　本当になんでもないの？

チョダンヂョン　頭の中も具合がいいし、腹の中も具合がいい。

キムシヒャン　今度は誰が先にあの橋を渡りましょうか？

チョダンヂョン　（驢馬に尋ねる）お前さんも渡るつもりかい？　こいつも気がかりのようだ。自分もあの橋を渡って行きたいってさ。

キムシヒャン　そんなことしたらあの橋が壊れるでしょう。

チョダンヂョン　いつかあんたは奇蹟を願っていたね。驢馬に乗ったままあの橋を渡って行く奇蹟を……

私はいま外皮だけだ。中が空っぽの皮だけだよ。

（チョダンヂョン、驢馬に乗って橋を渡って行く。）

チョダンヂョン　奇蹟だ、奇蹟！　あんたも早く渡って来い！

キムシヒャン　わかったわ！

（キムシヒャン、渡って来る。）

キムシヒャン　ところでこのように何も持たない身で行ってもいいもんでしょうか？

チョダンヂョン　どうして……？

キムシヒャン　風呂敷包みがないじゃないの！

チョダンヂョン　この前そっくり差し上げてしまったじゃないか！

キムシヒャン　行商人が荷物の包みもなく行けるの？

チョダンヂョン　そうだな……奇蹟が起きたんだから何とかなるだろう。

（チョダンヂョン、引き戸の門の前に来て驢馬を止める。）

チョダンヂョン　瓦ぶきの家の門の前だ。

キムシヒャン　静かですね、あいかわらず……

チョダンヂョン　うん……

キムシヒャン　私たちが来たといって下さいな。

チョダンヂョン　（驢馬から降りて来て声の調子を整えて話す。）ご挨拶申し上げます！　前の夏に参った行商人ですが、秋にまた参りましてご機嫌を伺います！

（引き戸の門が両側に開けられる。部屋の中で笑った表情の少年の人形が動く。ヨンムンヂがその後で少年の人形を抱き抱えるように摑んで動かしている。少年の人形の前にはたくさんの人形たちが出ていて、プチョンピルとイドンギが長い竹竿に人形たちを紐に吊して動かす。ヨンムンヂ、少年の声を真似て話す。）

少年像　早く入れ、そなたよ！　私はそなたのおかげで満面いっぱいに笑みを浮かべているぞよ。見てみよ、そなたよ！　そなたが私にくれた鋏で布地を断って、針と糸で人間の形に縫ったが、たとえ中はおがくずを詰め手足は紐でぶら下っていても充分に生きているようにうまく動くぞよ。成三《ソンサン》問《ムン》よ、朴彭年《パクペンニョン》よ、河緯地《ハウィヂ》よ、李塏《イゲ》よ、柳誠源《ユソンウォン》よ、兪應孚《ユウンブ》よ、私のために死んだ死六臣よ！　私の前近くに寄れ！

（プチョンピルとイドンギ、いろいろの人形たちを動かして、笑っている顔の前に移動させて立てる。）

少年像　金時習《キムシスプ》、成聃寿《ソンダムス》、趙旅《チョヨ》、李孟専《イメンジョン》、元昊《ウォンホ》、南孝温《ナムヒョウォン》よ、私のために姿を消した生六臣よ！　そなたたちも今日は私の前に出て参れ！

（プチョンピルとイドンギ、また他の人形たちを笑っている顔の前に移動させる。）

少年像　よく来てくれた、私を迫害した韓明澮《ハンミョンフェ》もなつかしく、私に同情した申叔舟《シンスクチュ》もなつかしいことよな！　長い間の寂しい空白、がらんとしていた目の前が文武百官でいっぱいになって私はどんなに嬉しいことか！　王妃よ、なつかしい王妃よ、私の傍に来てお座り下さい！　満朝百官がひれ伏して礼をするのだから、欣快の笑みを浮かべてこの礼を受けましょうぞ！

（ヨンムンヂ、王妃の衣服で盛装した小さな人形を少年の人形の傍に座らせる。プチョンピルとイドンギはたくさんの人形たちを動かして礼をさせる。）

少年像　見よ、そなたよ！　私の体はたとえ王冠を奪われ王の正服を脱がされても、私の心は布切れで作った満朝百官たちを眺めて充分満足であるぞよ！　聞け、行商人よ！　そなたは帰ってそなたを遣わした者たちに私の言葉を伝えるのだ！　私の心は真の王と同じであるゆえ、どうしてつまらない王冠をかぶりたがったり、わざわざ王の正服を着ようと望むであろうか？　私は私を王座に復位させようとするどんな動きにも関心はなくいかなる人間とも関わりないゆえ、そなたは戻ってこの事実を明明白白に伝えるのだぞよ！

（両側に開けられていた門がとじられる。少年の人形と人形たちの姿が見えない。チョダンヂョンは驢馬と戻って来る。しかしキムシヒャンはさっき見た光景に心うばわれ、その場に留まっている。）
キムシヒャン　何してるの、帰ろうともしないで……？
チョダンヂョン　ああ……
キムシヒャン　我々は戻らなくては。戻って見たまま聞いたままを伝えてあげよう。
チョダンヂョン　ええ……行きましょう……
（キムシヒャンとチョダンヂョン、引き戸門の前を去る。するとヨンムンヂ、プチョンピル、イドンギが引き戸門を開けて書斎に出て来る。）
イドンギ　容易じゃなかったな、人形たちを生きているように動かすというのは……
プチョンピル　どうだい？　君の頼みなのでうまくやったつもりだが？
チョダンヂョン　とてもうまかった。
ヨンムンヂ　本当かい？
チョダンヂョン　しまいには自分で生きて動いているように見えたよ。
みんな　実感が出ていたからよかったよ！
チョダンヂョン　（キムシヒャンに仲間たちを紹介しながら）古書籍研究同友会のメンバーたちです。ヨンムンヂ氏、プチョンピル氏、イドンギ氏です。
みんな　こんにちは！
キムシヒャン　こんにちは。
チョダンヂョン　（仲間たちにキムシヒャンを紹介する。）この人は『寧越行日記』を私に売られたのです。

プチョンピル　いつか直接お目にかかりたいと思ってました。彼と寧越へ行ったり来たりしていることは知っていました。

キムシヒャン　私も皆さんのお話はよく聞きました。

ヨンムンヂ　では、我々が『寧越行日記』を研究していることもご存じですよね？

キムシヒャン　はい。

ヨンムンヂ　今日は私たちの席に加わって下さい。（円卓を指差して）あの、円卓の上にいろいろの資料があります。寧越へ行って来た後の結果がどうなったか、あの資料を調べてみればわかります。

（ヨンムンヂがまず円卓に行き座る。その次にプチョンピルとイドンギがヨンムンヂを真ん中に左右に分かれて座る。チョダンヂョンとキムシヒャンは彼らの向かいがわの椅子に座る。）

ヨンムンヂ　寧越から戻って来た日にちはいつだった？

チョダンヂョン　（円卓の上に置いてある『寧越行日記』をとって日付を確認する。）うん……我々は十月のみそかの日に帰って来た。

ヨンムンヂ　（『世祖実録』を広げてページを繰りながら）御前会議はそれ以後に開かれたんだな。

キムシヒャン　その厚ぼったい本はなんですか？

ヨンムンヂ　『世祖実録』です。全部で四十五巻にもなる膨大な規模のものです。

チョダンヂョン　この日記に書いてあるところによれば御前会議は十二月に開かれていたな。

ヨンムンヂ　十二月に……？　では十一月は何をしてたんだ？

チョダンヂョン　十一月はなんか大官たちだけで意見の折衷をしようとしていたようだ。

イドンギ　私なら絶対折衷はしない！
プチョンピル　強情っぱりだな！
ヨンムンヂ　あ、あったぞ。「世祖三年十二月五日、魯山君《ノサングン》の喜びの表情について論議した。」
イドンギ　（『解顔之録』をひらいてプチョンピルへ押し出してやって）『解顔之録』の最後の章だ。君が先に読め。
プチョンピル　（『解顔之録』をイドンギへ押しやる。）いや、君が先に読め。
イドンギ　「臣下韓明澮《ハンミョンフェ》、殿下に申し上げます。」
ヨンムンヂ　『世祖実録』にはその日王は遅い報告にひどく気分を害したと記されているな。
イドンギ　「寧越へ行って来た者たちが申すには、魯山君の顔は満面に笑みを浮かべた、喜びの表情だということでございます。これは日が経つごとに彼が傲慢不遜になっているということですから、殿下におかれましてはこれ以上遅滞なされず彼を処刑なさりますように！」
（イドンギ、『解顔之録』をプチョンピル押しやる。）
プチョンピル　「殿下……寧越へ行って来た者たちが申すのには、魯山君は王冠には関心はなく、復位にも関わりないということでございます。魯山君の喜びは無欲からにじみ出たもの、彼の笑顔は欲望を捨て去った証拠でありまして、どうして罪になりましょうか？　殿下におかれましてはどうぞ彼の命をお助けなさいますように。」
キムシヒャン　そのように主張するのはどなたですか？
チョダンヂョン　申叔舟《シンスクチュ》です。
イドンギ　（プチョンピルへ）その本をこっちにくれ。俺の番だ。

プチョンピル　（イドンギの前に本を押しやって）もうちょっと穏やかに読めよ。
イドンギ　穏やかになれないものをどうやるんだ？
ヨンムンヂ　そうだ、お前の性分どうりやれ。
イドンギ　「殿下、空には二個の太陽はなく、地には二人の帝王はおいでになりません。それなのに魯《ノ》山君《サングン》はわがままにもみずから王の志を持ったとしており、これは殿下と同格だという主張であり決して許してはならないことでございます。」
ヨンムンヂ　この実録には……世祖《セジョ》が天を衝く怒りでその話が事実かどうか再度尋ねている。
イドンギ　「お疑いなさりませんように、殿下。臣と申《シン》卿が一緒に聞いたのでございます。」
プチョンピル　（イドンギの前に置いてある『解顔之録』をあわてて読む。）「殿下ご諒察下さりませ。たんなる匹夫も欣快なる気分の時は帝王を羨ましがらないもの、魯山君の言葉を曲解なさりませんように。」
ヨンムンヂ　（『解顔之録』を自分の前に引き寄せて世祖の発言の項目を見つけて読む。）「卿らよ、聞き給え！　魯山君の無表情を耐えて来た私が、悲しい表情にも耐えてきた私が、喜びの表情だけは到底耐えることができない！　万一魯山君の喜びの表情をそのままにしておけばあらゆる市井の卑しい輩どもさえ威張りだして、一体朕が何をもって彼らを治めることができようか？」
イドンギ　「臣の申す所は始めからそのことでございました。殿下、即刻処断なさいませ。」
ヨンムンヂ　「魯山君を殺せ！」
キムシヒャン　（驚いた表情で椅子からパッと立ち上がり）殺すのですか？
ヨンムンヂ　「ただちに寧越へ賜薬《しやく》を送るのだ。空にはただ一つの太陽だけが輝き、地にはただ朕のみが笑顔であることを見せてやれ！」

（舞台照明、急激に暗転する。）

第八場

（夜。書斎の真ん中、電灯の光が一個の空き椅子を照らしている。暗やみの中、テープから冬の鋭い風の音が流れて止む。間。チョダンヂョンとキムシヒャンが椅子に近づき互いに見つめあって座る。チョダンヂョンは『寧越行日記』を自分の膝の上に置いている。）

チョダンヂョン　奥さん、おわかりでしょう。寧越の端宗《タンヂョン》は賜薬を受け取って死にました。

キムシヒャン　正確な日にちは？

チョダンヂョン　一四五七年十二月二十四日、とても寒い冬でした……笑った顔は氷のように賜薬を受けとって飲み下し……

キムシヒャン　私たちこれ以上寧越へ行く必要はなくなったのですね。

チョダンヂョン　ええ……

キムシヒャン　では約束どおり『寧越行日記』を返して下さい。

チョダンヂョン　しかし私たちはまだ終わっていないんです。寧越へ通いながら見た風景、そのいろいろの風景が依然として残っているんです。

キムシヒャン　風景と言いますと……私たちが心の中で作り出したことをおっしゃるのですか？

チョダンヂョン　もちろんです。一四五七年、私たちが見た風景は今日の私たちの心の中に再現されます。（膝の上に置いてある『寧越行日記』の後の部分を開く。）ここに『寧越行日記』の残っている部分がありますす。まるで今日の私たちのために残されたもののように……（読む。）「十二月二十四日、驢馬が夜通し啼いていて、私も同じく端宗《タンヂョン》の顔を思い出して寝つけなかった。次の日朝早くに主人にお目にかかって懇願したことは、これからは私の心のままに生きたいので従僕の暮らしから解放してくれるように頼んだ。寧越へ行って来れば何でも望みを叶えてあげると約束していた主人は、驚いた顔つきをありありとみせて、お前が心のままに生きようとすればきっと死ぬことになると私を引き止めた。それでも私は何日も何日も繰り返して懇願すると、十二月の大晦日になって奴婢戸籍から私を抜いてくれた。」

キムシヒャン　先生はやっと自由を手にされたんですね。

チョダンヂョン　（『寧越行日記』を手に持ったまま立ち上がり読む。）「新年の初日、驢馬に乗って主人の家の大門を出たが、明るく笑う私の顔は東の太陽ほどにも輝やき、喜びの私の心は一国の帝王が羨ましくはなかった。」（キムシヒャンの前に近づいて）「私は得意になって寧越に一緒に通った同行者に会いに行った。」

キムシヒャン　あ、その時私に会いにこられたんですね。

チョダンヂョン　「しかし私の顔を見た同行者はびっくりして……」

キムシヒャン　続けて下さい。

チョダンヂョン　（『寧越行日記』をおろしたまま沈黙する。）

キムシヒャン　びっくりしながら私が何といいましたの？

チョダンヂョン　（後退《じさ》りして椅子に座る。）

キムシヒャン　読まなくても見当がつきます。私はこのようにいったでしょう。「喜びの表情をしてはいけません！　そのような顔は必ず殺されます！　主人は私たちの無表情は生かし、悲しい表情は生かしておいても、私たちの喜びの表情は生かしておかないのです。」（椅子から立ち上がる。）先生と一緒に『寧越行日記』の内容を知ってとても多くのことを感じました。五百年という長い時間を旅をしながら、現在の自分自身の中にある過去の私を見るようでした。しかし結局は変わったことはないですね。昔も今もまったく変ったものはありません。

チョダンヂョン　機会はありましたよ。私たちが変わる。

キムシヒャン　いいえ！　先生にはありましたけれど私にはそんな機会はありませんでした！

チョダンヂョン　今も機会はあります。奥さん、奥さんは感性がとても豊かです。そのような人が下女づとめして暮らすのは苦痛でしょう。主人に自由をくれというのです。そうすれば私たちは心ゆくまで互いに愛しあいながら、幸福に暮らせるのです。

キムシヒャン　その本『寧越行日記』の結末は幸福になるのですか？　二名の従僕はついに自由を得て、互いに愛しあいながら、幸福に暮らしたと書いてあるのですか？

チョダンヂョン　この日記の最後の章は……（『寧越行日記』の最後を開いて見せる。）空っぽ……空白です。

キムシヒャン　空白ですって？

チョダンヂョン　私たちが今から書かねばならない部分です。

キムシヒャン　いいえ、先生。それは昔の私たちが書くことができなかった空白、今の私たちも書くことのできない空白です。

（暗やみの中、文机の上の電話がうるさく鳴る。）

キムシヒャン　私の主人の電話です。三回なってから切れて……また二回鳴ってから……繰り返し鳴って……私に早く戻って来いという信号なのです。（虚空に向かって叫ぶ。）はい、はい、わかりました！わかりましたからすぐ家に戻ります！

（電話の音が止む。）

チョダンヂョン　残念ですね。今度も恐ろしさのために機会を失うのですか？

キムシヒャン　ただ恐ろしさのためだけではありません。私は生きたいのです。昔も今も私の望むものは、不安な自由よりも安全な命なのですから。ご覧下さい。私たちの心の中の最後の風景を。あなたは驢馬に乗って駈けながら帝王も羨ましくはないと叫ぶのですね。

チョダンヂョン　私の目にも見えます。人間とはそのだれもが心ゆくまで喜ぶことが出来るのだと叫んでいる光景が見えます。

キムシヒャン　叫んでいるあなたに人々は石を投げつけます！　主人たちは後ろ手を組んだまま見物しており、従僕たちは一生懸命石を投げるのです！　ごめんなさい。その中には私もいるの。私は泣きながらあなたに石を投げるのよ。従僕たちも泣きながらあなたに石を投げつけます。従僕たちは生きるためにあなたを殺すのです。

（チョダンヂョン、沈黙する。電話が再び鳴る。三回と二回、くりかえし鳴る。）

キムシヒャン　私に早く来いと催促しているのです。もうその本を持って帰ります。

（キムシヒャン、チョダンヂョンに近づいて彼の膝の上に置いてある『寧越行日記』を掴む。彼女は最後の空白についている血痕を発見する。）

キムシヒャン　この赤黒い斑点はなんですか？
チョダンヂョン　血です。
キムシヒャン　血……？
チョダンヂョン　私の傷からついた血です。その日記が本物であることを確認する時怪我をしたのです。
（キムシヒャン、本を包んで後に向きなおる。チョダンヂョンとキムシヒャンは一時沈黙する。）
キムシヒャン　驢馬はどこにいますの？　別れの挨拶をしたいのです。
（チョダンヂョン、椅子から立ち上がって隅に立たせてある驢馬を引いて来る。キムシヒャン、驢馬を撫でる。）
キムシヒャン　せっかく仲良くなったのに……お前にいつまた会えるかい？　そう……五百年が過ぎた後にまた再び会えるでしょう……（チョダンヂョンに握手を求めながら）さようなら、先生。私達が再び会えるその時を私は待っております。
チョダンヂョン　（キムシヒャンが差し出した手を握る。）お元気で。私の愛した下女……私たちはこうしてまた別れるのだね。
（キムシヒャン、出入口に向かって歩いて行く。ドアの前で振り向く。チョダンヂョンが驢馬の手綱を持って立っている。キムシヒャンはその姿を見つめて出て行く。）

――幕――

訳者あとがき

私が李康白氏の戯曲に初めて出会ったのは、すでに十年ほど前のことになります。「劇団仲間」の俳優・伊藤巴子さんから、劇団で上演したいので日本語に翻訳してほしいと、ハングルの『プゴテガリ』（演劇と写真2・図書出版公刊）をわたされました。当時、ハングルを一緒にならっていた友人三人をさそって、なんとか訳しおえ、一九九五年十一月には上演（岡和洋演出）され、同じ年の『悲劇喜劇』（早川書房）十二月号にも掲載されました。四人の協同訳者名は、〈岸山真里〉でした。

李康白氏は一九四七年全州のお生まれで、一九七一年、二十三歳のとき「東亜日報」の新春文芸賞戯曲部門に『五つ』が当選、演劇界にデビューされたとのことです。以来、数多くの戯曲を発表・上演されて受賞作も多く、フランスやポーランドなど海外での翻訳もあり、現代韓国演劇界の代表的作家のお一人です。『プゴテガリ』上演のさい、わざわざ日本にこられ、私もお会いする機会を得ました。その折、五巻まで刊行されていた『李康白戯曲全集』をいただいたことは嬉しいことでした。今回の翻訳を思いたったのも、そのことがきっかけです。

ここに訳出した三作品の中では、私は『七山里』を読んでまず心ひかれました。各巻ごとに作者の序文が書かれているのですが、この作品は全集の第四巻に入っていて、一九八七年末と八八年の二度にわたってドイツを旅し、ドイツ演劇から刺激を受けて書かれたもののようです。李康白氏は書いています。

「その当時私が見たドイツ演劇の印象を一言で要約すれば、人間が持っている破壊力について限りなく注意を喚起させ警告する役割を演劇がになっていたことだ。それは第一次世界大戦と第二次世界大戦を経験したドイツ人たちが受けた体験によるもののようだった。ドイツの現代演劇ばかりでなく、古典演劇を見ても演出家の作品解釈から私はそのような感じを強く受けた。そしてそれがまさにドイツの演劇ならば、韓国の演劇はどうあるべきかを考えないわけにはいかなかった。（中略）人間が持っている破壊力を警告するのがドイツ演劇ならば、韓国の演劇は、人間の破壊された傷跡を癒す役割を果たさなければならないということが、私のもった素朴な結論だった」と。

はじめて読んだ『七山里』は、〝子どもを産めない女〟と人びとには蔑《さげす》まれながら、動乱で両親を殺され孤児になって山中に取り残されたいわゆる〝アカ〟の子どもたちを養い、最後には近所のおかみさんが持ってきてくれた一杯のお粥を一人では食べず孤児たちに一匙ずつわけあたえ、自らは飢えて死んでいく一人のオモニが描かれていて、その大きな愛に心うたれ考えさせられました。一九八〇年代といえば、韓国は軍事政権下、思想弾圧の厳しい時であり、反共が国是とされていた頃です。そんな中でこの作品が書かれ、しかも上演もされていたということがまた私の驚きでした。それから次つぎに読みはじめた李康白氏のほかの作品世界にも私は深くひきこまれざるを得なかったのです。

李康白氏の戯曲については、あわせて訳出しました『ユートピアを飲んで眠る』『寧越行日記』をお読み下さればおわかり頂けると思います。方法的には、時間・空間を自由に行き来する斬新な手法を用いながら、古典的といってもいい堅固なドラマの構成で、時にはユーモアを交えつつ現代社会の矛盾と、そこに生きる人びとの人間的な心暖まる愛ときずなが描かれていて、深い感銘を受けずにはおられませんでした。この日本でこのような戯曲がもっと上演されることを強く希んでやみません。

このたび三作品を日本で翻訳刊行することに快くご承諾下さった李康白氏に感謝申し上げるとともに、氏に直接お会いした折の温かく優しいお人柄に心から打たれたことを申し添えさせて頂きます。また、もともとの出会いを〝演出〟して下さった伊藤巴子さん、李、伊藤両氏にたえず寄り添ってお世話いただいた金承福《キムスンボ》さんに厚くお礼申し上げます。なお、私にハングルを教えて下さった先生たち、特に本書の翻訳の最終段階で、細部にわたって校閲して下さった金織《キムチ》漢《ハン》氏への感謝の気持ちは尽くせません。

社の創業にもかかわるなど、因縁浅からぬ影書房から私のはじめての訳書が出版され、こんな嬉しいことはありません。あらためて影書房のスタッフの皆さんにも感謝申し上げます。

ようやく雪がとけはじめた北東北の地にて

二〇〇五年四月初旬　　秋山　順子

李康白（イ・ガンペク）

1947年大韓民国全州生まれ、71年、東亜日報新春文芸戯曲部門に『五つ』が当選。現在ソウル芸術大学劇作課教授。

主要作品（日本公演作）『プゴテガリ』『卵』『春の日』『ホモ セパラトス』『七山里』他。

著書『イ・ガンペク戯曲全集』全7巻（平民社）

受賞経歴＝東亜演劇賞、ペクサン芸術大賞戯曲賞、大韓民国文学賞、ソウル演劇祭戯曲賞他。

ユートピアを飲《の》んで眠《ねむ》る

二〇〇五年 五 月一〇日 初版第一刷

著 者 李《イ》 康《ガン》 白《ペク》

訳 者 秋山《あきやま》 順子《じゅんこ》

発行所 株式会社 影書房

発行者 松本昌次

〒114-0015 東京都北区中里三—四—五
ヒルサイドハウス一〇一

電 話 〇三（五九〇七）六七五五

FAX 〇三（五九〇七）六七五六

E-mail：kageshobou@md.neweb.ne.jp

http://www.kageshobo.co.jp/

振 替 〇〇一七〇—四—八五〇七八

本文印刷＝スキルプリネット

装本印刷＝形成社

製本＝美行製本

定価 二、〇〇〇円＋税

ISBN4-87714-329-7 C0074

尾崎宏次	蝶蘭の花が咲いたよ ――演劇ジャーナリストの回想	¥2500
宮岸泰治	ドラマと歴史の対話	¥2000
宮岸泰治	ドラマが見える時	¥1800
宮岸泰治	転向とドラマトゥルギー ――一九三〇年代の劇作家たち	¥2200
土方与志	なすの夜ばなし	¥2500
武井昭夫	演劇の弁証法 ――ドラマの思想と思想のドラマ	¥2800
広渡常敏	ナイーヴな世界へ ――ブレヒトの芝居小屋 稽古場の手帖	¥2500
広渡常敏戯曲集	ヒロシマの夜打つ太鼓	（近刊）
桜井郁子	わが愛のロシア演劇	¥2800
津上忠戯曲選	炎城秘録	¥2500
米倉斉加年	道化口上	¥1500
E・ベントリー 小池美佐子訳	ハリウッドの反逆	¥1500

〔価格は税別〕　影書房　2005.5現在